「っ……あっ……んっ……」
疼痛が生まれたかと思うと、また有希の下半身が蜜を零し始めた。
こんなことが気持ちいいなんて――。

好きって言えよ

ゆりの菜櫻

Illustration
壱也

B-PRINCE文庫

※本作品の内容はすべてフィクションです。
実在の人物・団体・事件などには一切関係ありません。

CONTENTS

好きって言えよ

◆ プロローグ ◆

大勢の人が行き交う成田《なりた》空港出発ロビーを、笹島有希《ささしまゆき》は、サングラスで顔を隠し、更に帽子を深めに被《かぶ》って足早に歩いていた。

あいつ、どこにいるんだ？

「ねえ、あれ、キラッシュの有希君じゃない？」

「え、まさか？　ゆきりん？」

そろそろ有希の正体があちこちでばれそうになっている。有希は内心焦りながらも、目的の男を捜した。

今日ニューヨークへと旅立つ男は、事務所の先輩でもある有希に一言も告げずに目の前から消えようとしている。

「くそ……後輩のくせに先輩に挨拶もしないで、日本から去るなんて生意気なんだよ。最後にガツンと言ってやらないと気が済まない。ったく、あいつどこにいるんだ。見つけやすいように出発ロビーで大人しく座ってろよ！」

悪態を吐《つ》きながらも、瞳は左右を隈《くま》なくチェックする。すると航空会社のカウンターで手続きをしている日本人離れした体軀《たいく》の男を見つけた。

あいつ――――！

「拓弥《たくや》っ！」

有希の声に男が振り向く。どうだ、来てやったぞ、驚け！　と心で叫んでみたが、男は大して驚いた様子もなく、寧《むし》ろ有希が来るのは当たり前だというように、余裕の笑みを浮かべた。

「有希、大声で呼ぶなよ。ファンにばれるだろ」

サングラスが嫌みなくらい似合う。それも有希が気に入らないところの一つだ。

「何がファンだ。それに先輩に対して呼び捨てはするなと、前から何度も言っているだろ」

「はいはい。敬称付けられれば、敬われていると勘違いしている可愛《かわい》い有希さん、何ですか？」

有希の額に青筋が立ちそうになるが、もう出発まで時間がない。この際、拓弥の暴言はとりあえず聞き流し、ここまで来た理由の本題に移ることにした。

「お前、なんで俺に内緒で外国なんて行くんだよ」

「今更、それかよ」

有希は黙って頷《うなず》いた。本当にそれだけが聞きたかった。拓弥は小憎たらしい後輩だが、海外に仕事の拠点を移すことを内緒にされるほど、疎遠にしていたつもりはない。憎まれ口を利かれても、先輩としては認められていると思っていた。

有希は自分より十センチほど上にある拓弥の顔を見つめた。するとサングラス越しに彼の瞳がかすかに揺れるのがわかった。

「有希……」

「なんだよ」

「……四年くらいは帰ってこない」

「え？　そんなに帰ってこないのか？」

海外に拠点を移すというのだから、長いとは思っていたが、四年というのは初耳だった。

「……ああ、だからせいぜい日本で胡坐《あぐら》かいてろよ。俺が帰国したら、お前の全部ひっくるめて奪ってやるからさ」

「はあ？　奪うって、俺からアイドルの座を奪って蹴落とすつもりか？」

「それもある」

「それもあるって、他にも何か考えているってことか？　悪いが、お前にトップアイドルの座、さっさと譲ってやるつもりはないけど？　四年くらいで俺を追い抜かせると思うなよ」

「ふん、どうだか。じゃ、俺、行くから。有希、せいぜい仕事干されないように気を付けろよ。ぼやぼやしてんじゃねぇぞ」

そう言って、乱暴にボストンバッグを肩に担いだ。

「お前こそ、あっちで仕事干されて、すぐ日本に帰ってくることにならないようにな！」

有希の嫌みに拓弥は振り向くことなく、気障《きざ》ったらしく片手を上げるだけで応えると、そのまま出国ゲートへと消えていった。

それは四年前の春の話だった――。

◆ 1 ◆

「ちょっと待ってよ、竹内《たけうち》さんっ」

有希は自分のマネージャーである竹内に思わず声を上げた。しかし竹内慎也《しんや》は冷ややかな視線を有希に投げ掛けると、反論は許さないとばかりに言葉を続けた。

「ちょっと待っても何もないよ。有希の借りているこのマンションは、元々事務所の持ち物だし、緊急で同じ事務所のタレントを同居させることがあるって、以前にも話していたよね？」

確かに事務所の寮からこちらのマンションへ引っ越しした際、事務所からそう言われた。でもあれから四年、一度として誰かを同居させたことがないのもあり、すっかり忘れていた。

「じゃ、じゃあ、俺、引っ越すよ。ほら、そろそろ自分の稼ぎでも充分に生活できるし……。な、それが一番いい気がする」

「契約書の第三十八条、第二項目」

竹内が分厚いファイルをテーブルの上に置く。有希が大手芸能事務所、マスターズ事務所と結んだ契約の一部始終がそこへ収められている。有希は竹内が指差した箇所へと視線を移す。

「有希が結婚するまでは、このマンションに住むこと。それが君に格別の計らいでマンションを貸し与えた社長の条件だったはずだけど？　有希」

「うっ……」

そうなのだ。事務所の寮生活に半端ないストレスを感じていた有希は、かなり早い時期から常に一人暮らしがしたいと社長に訴えていた。

マスターズ事務所では自立できる頃になると、一人暮らしがしたい所属タレントは退寮願いを出し、寮から巣立っていくシステムとなっている。有希もアイドルとして売れていたので、早くから退寮願いを出していたにもかかわらず、なかなか許可が得られずにいた。

理由は有希の危機管理能力が劣っているという、確かに多少は自覚しているが、なんとも明確ではないものだった。

だが、さすがに二十歳《はたち》になってそれもないだろうと社長に食い下がり、どうにか一人暮らしをもぎ取った。その際に付けられた条件が、結婚するまで事務所が用意したマンションに住むことだった。

あの頃も、変な条件だなとは思ったが、誰もが憧れるデザイナーズマンションの上に、立地条件よし、さらに部屋も広く、家賃も事務所持ち。文句のつけようがない物件に有希は一目惚《ひとめぼ》れをし、速攻で社長の提示した条件のまま契約書に印鑑を押した。

「もし結婚しなかったら、俺、ずっとここに住まないといけないってこと？」

上目遣いで竹内に聞いてみる。

「それはまた社長のご判断だよ。大体、有希、君には自分がトップアイドルだという自覚が足りなすぎる。こうやって身辺をこちらで管理しないと、あっと言う間に、よからぬことを企《たくら》む輩《やから》に足を掬《すく》われるのが、おちだよ」

「くはぁ〜っ」

そのままソファーの背に倒れ込む。竹内の言うことも尤《もっと》もなので反論できない。自分でも自覚ありの世間知らずなので、何かを画策されたら、その罠《わな》に嵌《はま》る自信は充分にある。

子供の頃から事務所に守られているのもあり、いまいち危機管理能力がない。

有希は十二歳のときに大手芸能事務所、マスターズ事務所の養成所に入り、十四歳で三人組アイドルユニット『キラッシュ』としてデビューした。今年でアイドル歴十年、二十四歳になるが、今もマスターズ事務所のドル箱スターの一人だ。

生粋の日本人であるはずなのに、真っ白な陶磁器のように滑らかな肌に、整った顔立ちもあって、どこかビスクドールのような美しさを放つ。さらに、髪は色を抜いていないのに、柔らかな茶色がかった黒色で、艶やかな髪質は、有希が動くたびにさらさらと揺れるヴァージンヘアだ。そして、少し物憂げな瞳は紅茶のような甘い茶色で、女性の心を捉えて離さない、魔力のようなものさえ感じる。

世に言う、王子様だ。それも少し大人びたアンニュイな王子様として、女性から絶大な人気を誇っている。

確かに、アイドルとしては少々歳《とし》をとってはきたが、それでも相変わらずの人気で、現在、バラエティ、ドラマなど多方面から引っ張りだこである。クールな美人系と女性にもて囃《はや》され、ここ最近はずっと彼氏にしたい男性芸能人一位を獲得している。来年も受賞したら、もう殿堂入りだとまで言われていた。

「他のキラッシュのメンバーの隼人《はやと》と靖隆《やすたか》は二人でマンションに暮らしているんだよ。それを考えると、一人で自由に暮らしている有希はわがままを聞いてもらっているんだ。これ以上文句を言わない。わかったかな?」

「う〜っ」

あの二人は恋人同士だから、むしろ二人で暮らすのが本望なのだが、それはマネージャーの竹内にも知られてはならないトップシークレットなので、有希の口からは何も言えない。

「ほら、有希、だらしない恰好《かっこう》をしない。君は世間の女性の王子様なんだから、普段から立ち振る舞いをきちんとしておく」

そう注意され、仕方なく起き上がるが、胸にはお気に入りのクッションを抱き締めたままだ。

有希は、容姿以外は至って普通の男子だ。王子様でも何でもない。だがテレビというものは怖いもので、容姿に合ったキャラ作りをさせられ、有希もすっかりテレビでは、世の女性がときめく王子様スタイルを貫いている。

「家にいるときくらい、気を抜きたい……って、話を戻すけど、家にいるときが俺の一番リラックスできる時間なんだ。だから絶対、他人を入れたくない。同居はなし！」

「ふーん、有希は海棠《かいどう》拓弥がそんなに嫌いなんだ」

竹内の言葉に眉がぴくりと動いてしまう。だがその名前に過剰反応をしたとは思われたくなくて、大きなクッションに顔を埋《うず》めた。

「別に……あいつなんて、嫌いでも好きでもないし」

「そうだよね、先輩の有希が、後輩の拓弥を嫌う訳ないよねー」

わざとらしい竹内の棒読みに、自然と有希の眉間に皺《しわ》が寄りそうになった。

海棠拓弥――。有希より二歳下の後輩で、四年前、わざわざ有希が成田まで見送りに行ってやった、生意気な男。

彼はこの大手芸能事務所、マスターズの社長の次男であり、四年前のあの日からつい先日まで俳優を休業し、ニューヨークを拠点に、アメリカやヨーロッパでコレクションモデルとしてグローバルに活躍していた。この四年で、数々のランウェイを沸かせ、年収何億円というトップモデルへと、のし上がったスターだ。しかしそんな彼が急に日本の俳優業に戻ってきたのだ。

『……四年くらいは帰ってこない』

そう言って、成田から旅立った拓弥なので、有希にとっては急な帰国という感じはしなかったが、世間は何かあるのではないかと、拓弥のプライベートを詮索したりしている。

一番の有力説は、突然の帰国はハリウッド進出前の下準備のためとからしいが、有希にも本当の理由は教えられていない。

……大体、海外に行くのも帰ってくるのも連絡なしかよ。

有希は拓弥の顔を思い出して、徐々に腹がたってきた。

拓弥は、性格は最悪で、有希に対しては口を開けば嫌みばかりなのに、外面だけはいい俺様な後輩だ。その上、先輩を敬うという心を一切持ち合わせていない無礼な男だった。

それに有希よりも身長が高いのも気に食わない。有希だって、百七十八センチの身長で、そんなに低くはないはずなのに、拓弥はさすが海外の大手モデルエージェンシーからオファーがかかるほどの体軀で、身長は百八十九センチあり、有希より十一センチ高い。しかも不恰好ならまだしも、四肢のバランスの良さは欧米人にまったく見劣りしないレベルだ。いや、むしろ秀でていると言っても過言ではないかもしれない。

そんな彼が、先輩でもある有希に嫌みを言うときは、身長差もあって必ず見下ろしてくるのだ。あれが屈辱的だった。

「俺と喋《しゃべ》るときは屈《かが》めっつぅんだ」

そう思う自分も嫌になる。彼より身長が低いことを気にしている証拠だからだ。

「あいつ、昔は俺より身長低くて、有希さん、有希さんって懐いて、可愛かったのに……」

「え？　拓弥のことかい？」

耳ざとく、竹内は有希の独り言を耳にしたようで、すかさず尋ねてくる。答えたくなくて、抱えていたクッションに顎を乗せて、口をへの字にした。すると竹内も察したように苦笑した。

「まあ、世間的にいろいろと比べられるから有希が彼を嫌うのもわかる気がするよ。でも有希のほうが先輩だし、ここは先輩の懐の深さを見せておいたほうが後々いい気がするけど？　後輩が困っているのに、先輩がわがままで受け入れないって、他の後輩からも印象悪くなるよ」

「う……」

痛いところを突かれた。有希はちらりと竹内に目を遣《や》って無言で抵抗しようとするが、それを満面の笑みで返される。

「で、明日、拓弥はロンドンから帰って来て、そのままここに来るから。宜《よろ》しく」

「え!?　明日っ？」

拓弥は六月に開催されていた『ロンドンメンズコレクション』のモデルとして仕事をしており、それを終えて帰国するとのことだった。

しかしそれが明日なんて聞いていない。

「それ急すぎるよ、竹内さんっ！」

「社長命令。前もって言っておくと、有希が逃亡するかもしれないから、ギリギリに言えってね。いいじゃないか、この間、恋愛禁止令も解かれたんだろう？　社長に感謝のつもりで、聞いてやれよ」

「恋愛禁止令……」

つい先日、いきなり社長が『有希、もう恋愛禁止令、解禁ね』と告げてきた。マスターズ事務所は基本、ある程度までは所属芸能人に恋愛を禁止している。仕事に集中しなければ、この厳しい芸能界に生き残れないのと、新人は小さなゴシップであっても、場合によっては芸能人生を絶たれるきっかけになったりするので、軌道に乗るまでは恋愛は禁止というのが暗黙の了解となっていた。

そして有希もその禁止令に縛られていたのだが、先日ついに晴れて解禁となったのだ。

しかし――。

今まで、散々恋愛沙汰から遠ざかり、ストイックな生活を送ってきたのに、急に解禁と言われても、女の子を口説くのに少し臆してしまう。しかも有希には人に言えない恐ろしい問題があった。

十二歳からこの事務所に入り、箱入りも箱入り。二十四歳まで事務所にしっかり見張られ、言い付けを守っていたこともあり、有希は綺麗《きれい》さっぱり童貞なのだ。しかも『彼氏にしたい男性芸能人一位』という称号を何年も連続で貰《もら》っているのに、だ。

「ああ〜っ!」

悪夢だ。叫ばずにはいられない。

童貞なのに、童貞じゃないふりをして、できればセックスが上手《うま》い素敵な王子様の顔で、女性と付き合わなければならないという高いハードルが有希の恋愛を阻んでくる。

「有希、何を叫んでいるんだい? ほら、そろそろスタジオに出掛けるから、着替えて」

竹内が子供をあやすように有希の頭を軽くぽんぽんと叩《たた》いた。そして有希が抱えていたクッションを取り上げ、代わりに台本を渡してきた。

「今日のドラマの台本、有希の台詞《せりふ》がたくさんあったね。認められているってことだから、大変だけど頑張れよ」

「わかってる」

今、有希が撮影に参加しているのは、いわゆる『月9』枠で半年前に高視聴率を叩き出した、ホテルの裏側を舞台にしたドラマの続編だ。

前作では、有希の役は、そのホテルのスイートルームに泊まり続ける謎の美青年というもので、台詞も少なく、ドラマに花を添える程度の役柄だった。

視聴率を稼ぐためだけに呼ばれ、演技には期待されていなかったというところだろうか。

今まではそれでいいかなと思っていたが、最近、そんな理由で仕事を貰ったのが悔しくなり、有希は演技指導のレッスンを受け、役者として少しでも使ってもらえるように努力し始めていた。

それに、いざ本格的に演技の勉強をしてみると、有希自身も驚くほど演じることが楽しく感じ、そしてのめり込み、役者としてもかなり才能があると周囲から言われるようになった。

そんな有希が人気の『月9』枠のドラマに出演したことで、それまでアイドルやバラエティタレントとしての有希には興味がなかった視聴者に、その名前と顔を知られるようになり、俳優としての有希のファンが急増した。

元々『彼氏にしたい男性芸能人一位』という称号をいただくほど人気はあったが、さらにそれに拍車がかかり、今や有希はその凜《りん》とした美しい容姿もあって、世の女性の憧れの王子様とか女性雑誌の見出しに書かれてしまうようになっていた。

今回の続編は、その有希の人気もあって、役柄はそのままで主人公のコンシェルジュに的確なアドバイスをして、サポートするという重要な立場に昇格した。台詞もストーリーが進むにつれ、増えている。

「あとは現場で、有希のイメージを壊す言動には気を付けて。有希、その王子様容姿で性格はがさつだし。芸能人はイメージ命だからね。王子様スマイルは忘れるなよ」

「がさつって……がさつで悪かったな」

きっと拓弥なら、がさつな性格でも、それがスパイスとして成り立ってしまうんだろうな。思わず、また拓弥のことを考えてしまう。やはり彼の容姿に対して少しコンプレックスを持っているのは否定できない。

彼のアクのある今どきの風貌や粗野な仕草は、時々野蛮に見えるが、結局何をしても品があるように映るから不思議だ。

悔しい。後輩で、二歳も下なのに――。

「竹内さん、俺、役者、これからも真剣にやるよ。絶対負けたくないやつがいるからさ」

いきなりの宣言に、竹内が目を丸くする。だがすぐに嬉《うれ》しそうに笑った。

「ああ、拓弥のこと?」

「う……」

竹内には丸わかりらしい。すぐに言い当てられる。

「ライバルは刺激になるからね。有希の向上心に繋《つな》がる。拓弥もきっとそうだと思うよ。だからより上を目指して海外に行ったんじゃないかな。お互い切磋琢磨《せっさたくま》して、うちの事務所に貢献してくれ」

「え……結局、そこ？」

感動的なことを言われたかと思ったが、最後の最後でがくっと崩れる。

「もちろん。資本主義社会だからね。でも、まあ有希のマネージャーとしては、有希の成長は素直に嬉しいから、個人的にも応援しているよ。さあ、そろそろ出掛けないと、本気で遅れるから、さっさと着替える」

有希はその声に時計を確認して、大急ぎで着替えをし始めたのだった。

＊＊＊

結局、撮影は深夜近くまで長引き、有希がマネージャーの竹内と軽く夕食を食べ、車でマンションに戻ったのは深夜一時を回った頃だった。

有希の部屋まで竹内が送ってくれる。二人でマンションの廊下を歩きながら、有希は帰り際に聞こえてきた共演者の陰口に気持ちが塞ぎ込んでいた。

『ド素人《しろうと》に毛が生えたような演技なのに、アイドルってだけでレギュラー役やれるなんていいよな。俺も役者目指す前にアイドルやっとけばよかったか？』

『お前の顔では無理だろ』

冗談の一つだと流せばいいのだが、有希にはなかなかそれができなかった。

まだ俳優としての経歴は短く、上手いといっても、アイドルにしては、という言葉が頭に付く。有希自身も自分の演技が上手いなんて思っていない。でも演じるのが楽しく、これからも真剣に取り組んでいきたいと思っているのは確かだ。

「俺の演技、やっぱりド素人に毛が生えたくらいなのかな……」

思わず口を突いて出てしまう。するとそれまで有希の前を歩いていた竹内が振り返ってきた。

「え？　ああ、あの会話か。有希のことをやっかんでいるんだろうな。今回のドラマ、有希の評判もいいし、それに併せて視聴率もぐんぐん伸びているそうだからね。あんなの気にするな。有希はちゃんと努力しているよ」

竹内はそう言って慰めてくれたが、有希自身が自分の演技に満足していないので、まったく心には響かなかった。

「もっと上手く演じたい――」

「拓弥も以前そんなことをよく言ってたな」

「拓弥が？」

あの傲岸不遜な男がそんな弱音を吐いたということにまず驚く。彼は有希と違って、役者としてデビューした。当初から演技が上手いと評判で、モデルとして海外へ活動の拠点を移すまでは、話題作にはほとんど顔を出していた。

さらに今、彼は復帰第一作として朝の連続ドラマが決まっていて、ヒロインを大切に思う誠実な幼馴染《おさななじ》みを演じる予定だ。普段における拓弥の性格の悪さを微塵《みじん》も感じさせない役柄だが、きっと完璧に演じるのだろう。そしてその彼の演技力の凄《すご》さを、悔しいが改めて感じてしまうに違いない。

「まあ、あいつもいろいろと苦労しているんだよ。有希も同居生活中、あまり拓弥に突っかかったりするなよ？　君が先輩なんだからさ。時には引いてやれよ」

突っかかってくるのは拓弥のほうだ、と言いたいが、その挑発に乗る自分も自分なので、反論の言葉を呑《の》み込んだ。

「……わかってるよ、一応は」

「ったく、有希はいろんなことに大雑把なのに、意外とナイーブだからな。あまり気にするなよ」

気にするなと言われても、気になるような情報が有希の周辺からいっぱい聞こえてくる。

「意外と、が余分。俺は繊細なの」

「わかっているさ。さ、着いた。明日は昼から女性雑誌のスチールの撮影だから、一時くらいに迎えにくるよ。一緒にお昼を食べよう」

「了解、じゃあ、お疲れさ……ま……」

有希の部屋のドアを開ける手が途中で止まる。ドアの隙間から何か黒い物体が見えた。

「ひっ！」

思わずドアノブを放すと、ドアが自動的に閉まる。

「どうした？　有希」

竹内がびっくりして、有希に声を掛けてきた。

「な、中に何かいる……」

「え？」

竹内が目を遣ると、ガチャリと音を立てて、ドアが中から開いた。

「遅っせぇぞ、有希」

そこから現れたのは長身の野蛮人。明日から一緒に住むはずの――、

「「拓弥っ!?」」

有希の声と竹内の声が見事に重なる。

「え？　何？　拓弥、明日……というか、日付が変わってるから、もう今日か。今日の昼の帰国じゃなかったか？」

竹内が驚きながら、拓弥に声を掛ける。有希に至っては声も出ない。

「あー、竹内さん、お疲れ様。飛行機、一本早い便に乗れたんで、そのまま予定より早く日本に帰ってきたんだ。まあ、マスコミの取材とかも回避できるからいいかなって思って……」

「ああ、そうなんだ。いきなり現れたからびっくりしたよ。それに電話してくれれば、迎えに行ったのに。あ……っと、荷ほどきとか大丈夫？　大変だったら、明日、事務所から人を出すけど」

「大丈夫。スーツケース一つ分の荷物だし」

「え？　スーツケース一つ分だけ？」

やっと有希も声を出せた。

「あとは全部、あっちで友人にあげちまったから、こっちで買い揃《そろ》える。ほら、有希、部屋に入れよ」

「え……」

ぐいっと拓弥に腕を引っ張られ、有希は部屋に入った。

「竹内さん、もう夜遅いし、細かいことは明日でいい？　俺も長旅で疲れてるからさ」

「ああ、そうだね。あと、一つだけ確認させて。ハウスキーパーの柏木《かしわぎ》さんに会った？　彼女には拓弥の話はしてあるけど」

「早速、夕飯作ってもらったし、明日の朝食も二人分、作っていってくれたよ。詳しいことは有希から聞くから、竹内さん、早く帰りなよ。明日も早いんだろ？　あまり遅くまで仕事して体調を崩すと、有希や他のタレントも困るから、無理するなよ」

「ありがとう、拓弥。じゃあ、お言葉に甘えて今夜はこれで帰るよ。有希、明日、昼に迎えにくるから、ちゃんとすぐに出掛けられるようにしておけよ」

「え、ああ……」

「また明日な。有希、拓弥、おやすみ」

竹内が笑顔で手を振る姿が扉の向こうに消える。瞬間、有希は自分のマンションに帰ってきたはずなのに、どうしてか逃げ出したくなった。

「あ、俺、コンビニ行ってくるわ」

とりあえず用事を見つけて、出掛けようとするが、拓弥に腕を摑《つか》まれたままの状態では、出ようにも出られない。

「有希、こんな深夜に、アイドルがうろうろしてていいわけないだろ。竹内さんが、なんでわざわざここまで送ってきてくれているのか、お前、意味わかってんの？」

「う……」

確かに、竹内は有希を信用していないわけではないが、勝手に有希が夜の街に出掛けないように、マンションの部屋まで送ってくれる。万が一、ハメを外してトラブルにでも巻き込まれたら、アイドル生命が終わるかもしれないかららしい。イメージ戦略もあるので、有希クラスのアイドルはプライベートで出掛けるにしても、必ず事務所に連絡をすることになっていた。

だが――。

「わかってるさ。でも、コンビニくらい、いつも行ってる」

それを後輩に注意されるというのが気に食わない。

「ふーん」

しかしそんな有希の気持ちを知ってか知らずか、拓弥は莫迦《ばか》にしたように長い相槌《あいづち》を打つ。

その態度につい有希は突っかかってしまった。

「なんだよ、拓弥」

「……俺も行くわ、ちょっと待ってろ」

「え?」

拓弥と一時的にでも離れて、冷静になりたかっただけなのに、彼が一緒に来ては元も子もない。だが、拓弥のほうはリビングに行ったかと思うと、すぐに薄手のジャケットをTシャツの上に羽織って戻ってきた。手には眼鏡を二つ持っている。

「ほら、伊達眼鏡くらい掛けて行け。近くても多少は変装しないとやばいだろ」

その一つを有希に渡してきた。

「ありがと」

「すぐそこのコンビニだろ？　行くぞ」

有無を言わせず、拓弥は有希の腕を引っ張って部屋から出た。そのままエレベーターへ乗り込む。有希も話さなければ、拓弥も口を開かない。エレベーターの中では静かな機械音しか聞こえなかった。この無言の空間に息が詰まりそうだ。

コンビニはマンションのすぐ近くなのだが、この調子では、その僅かな距離を拓弥と二人で歩くことさえ気が重い。

ドラマの撮影で疲れているのに、家に戻ってきても疲れるなんて、この先、俺、大丈夫か？

有希の背中と肩にどっと疲れがのしかかる。

エレベーターが一階に到着し、軽い電子音が響く。有希はまず、この狭い空間から解放されたことに、心の中でホッと溜息《ためいき》を吐いた。エントランスを出ると、すぐにコンビニの灯りが暗い道を明るく照らしているのが見える。

とりあえず、あそこまで……。

そう自分に言い聞かせ、早足でコンビニに向かったときだった。いきなりそれまで沈黙を保っていた拓弥が口を開いた。

「お前、俺との同居、不服だったんだってな」

普通、本人に直接言うか？　と思うようなことを突然言われ、有希の心臓が大きく跳ね上がった。

「え……べ、別にお前だからとか、じゃないぞ。普通一人暮らしを満喫しているところに、急に他人が来るって言われたら、誰だって抵抗を感じるだろ？」

拓弥を意識しているとは思われたくないので、無難に答えておく。だが、

「有希のくせに生意気だな。俺と一緒に暮らすのに抵抗を感じる？　ありがたく思えよ」

「はあ!?　お前、どこまで俺様なんだ。大体、お前は俺の後輩だろ？　もっと先輩を敬え！」

「へぇ、いいのかな？　こんな往来で大声出して。世の女子のきらきら王子様、有希が後輩を罵倒し、先輩風を吹かせていたって、ファンの子が知ったら悲しむよな。いや幻滅か……」

「お前ぇ……」

痛いところを突かれ、それ以上言葉が出ない。

「有希のがさつなところ、ばれたらヤバイんだろ？　ったく、普段から気を付けろよな」

「くぅ……誰のせいだよ、お前には言われたくない」

「じゃあ、言われないようにしろよ、先輩様」

嫌みたらしく言われて、有希がキッと睨《にら》み上げると、拓弥はどうしてか嬉しそうな顔つきで

有希を見つめていた。てっきり小莫迦にした顔でもしているかと思っていたので、不意を突かれる。

な、なんでそんなに嬉しそうなんだ？

思わずどぎまぎしていると、拓弥が噴き出した。

「見惚《みほ》れてんじゃねぇよ、有希」

「だ、誰が見惚れるかっ、お前こそ俺に見惚れてるんじゃないぞ」

「はいはい、ほらコンビニ着いたぞ。何買うんだ？」

「……いろいろ」

そう言いながら、何を買うかを考えていなかったので、適当にコンビニの中をうろつく。

ファッション雑誌は大抵、仕事のために定期購読しているので、わざわざコンビニで買う雑誌はない。カップラーメンでも買うかと、手を伸ばすと、大して興味なさそうに雑誌コーナーに立つ拓弥が視界の隅に入った。

……そういえば、あいつ、何でコンビニに来たんだ？

買い物をする気配もない拓弥を見て、ふと疑問が浮かんだ。

もしかして……俺のことを心配してついてきてくれたとか？　いやいや、拓弥に限ってそれはない。ない……だろう？

でも、さっき、深夜にうろつくことを心配していたよな……。

じっとカップラーメンの説明文を読む振りをして、拓弥に意識を集中させる。やはり彼は手持無沙汰にしている感じがした。とてもコンビニに用事があるようには見えない。

俺を心配してかどうかは別として、ついてきてくれたことは確かみたいだ……。

何となく、急に自分が狭量な男であるような気がしてきた。

拓弥は今日、日本に帰ってきたばかりだ。疲れているだろうに、こうやって有希に付き合っている。もしかしたら、これは急に部屋に押し掛けるような形になってしまったことへの、彼なりの申し訳なさの表れなのかもしれない。

『お前、俺との同居、不服だったんだってな』

そう尋ねてきたということは、誰かから何か聞いたに違いない。拓弥もああ見えて、気にしていたのだろう。

……そこんとこ、先輩として俺が気を遣ってやらないといけないよな、やっぱり。

壁際に目を遣ると、アイスクリームのコーナーが見えた。そちらに行って、ケースの中を覗《のぞ》くと、昔、拓弥とよく食べたアイスキャンディー『ゴリゴリ君』が目に入る。有希はそれを迷いなく二個取って、そのままレジへと進んだ。

「ほら、食べろよ」

有希はコンビニから出ると、レジ袋からゴリゴリ君を取り出し、拓弥に差し出した。

「え？」

「これが食べたかったから、コンビニに来たんだよ」

もちろん嘘《うそ》だが、そういうことにしておく。ちらりと拓弥を見上げると、彼は変な顔をしてアイスキャンディーを睨んでいた。

「何？　お前、夜はアイスキャンディー食べちゃ駄目とかあるの？　モデルやってるとそういうのがあるんだっけ？」

「いや、今はないが……」

そう言いながら、拓弥は恐る恐るという風に有希からアイスキャンディーを受け取った。

「もしかして嫌いだったか？　前、よく食べただろう？」

有希は歩きながら、早速アイスキャンディーの袋を破って口に入れた。拓弥もそれに倣って食べ始める。

「嫌いじゃねぇよ。俺より稼ぎの悪い有希から奢《おご》ってもらうのが、少し気になっただけだ」

「かっ、稼ぎの悪いって……、俺、これでも一応アイドル様なんだけど。お前が稼ぎすぎなんだろ。ったく、お前、その生意気なことばかりを言う口、縫ってやろうか？　ああ？」

「不器用なお前に縫われたら、俺の芸能人生、一発で終わりだろうが」

「くそ、終わらせてやる。そこに直れ！」

「そこに直れって、いつの時代だよ。それに、有希、また地が出てるぜ。誰かに見られたら、お前が大きな猫を被ってることがばれるだろうが」

有希は、はっとして辺りを見回す。深夜二時近くのためか、人もまばらで、誰もが他人のことを気にせず、足早に目的地へ向かっている様子だ。そのため一応変装している有希と拓弥のことを気にしている人はいないようだった。

有希は安堵《あんど》の溜息を吐くと、隣を歩く拓弥に小声で話を続けた。

「……お前、俺の素が出るのを楽しんでるだろ」

「俺に楽しまれたくなかったら、頑張って猫被れよ」

拓弥の言葉に、有希は悔し紛れに帽子を深く被り直した。すると聞こえるか聞こえないかくらいの小さな声で、拓弥の呟《つぶや》きが耳に届いた。

「……有希に奢られるなんて不覚だ」

何が不覚なのかよくわからない。ただ、嬉しそうにも見えるので、不快感からきている言葉ではなさそうなことはわかる。

有希は久々に会った後輩の言動に振り回されつつも、どうにか同居もやっていけそうな気がし、拓弥の呟きに聞こえない振りをして、夜空の星を見上げた。


コンビニからマンションに戻ってきて、急いで風呂に入る。

むくみ対策も兼ねて、シャワーではなく湯船に毎晩浸《つ》かる有希であるが、先に拓弥が風呂を済ませていたので、今夜はゆっくりと入ることができた。

しかし、この風呂についても明日からのことを考えると少々憂鬱だ。同居人がいると長風呂も遠慮しなければならないかもしれない。

そう思い気が重くなっていると、まったく別の新たな問題が一つ発生した。

寝床だ。

風呂から出て、寝室に行くと、お気に入りのベッドの上で既に拓弥が寝ていたのだ。

「なっ、拓弥、お前、ベッドが来るまでは、リビングのソファーかラグの上で寝ろよ」

文句を言うと、拓弥がかったるそうに片目だけ開けて有希を見上げてきた。

「なんでだよ、有希のベッド、キングサイズじゃねえか。俺が一緒に寝たって、余裕だろ？　それともお前、寝相が凄い悪いとか？　それなら今度写真撮って、ＳＮＳにアップしといてやるよ」

「それこそ、なんでだよ！」

どこまで冗談かわかったものではない。お前の趣味は先輩弄《いじ》りかと突っ込みたくなる。

「……って、有希、お前、本当に寝相悪いのか？　ファンも幻滅レベルなのか？」

「そんな訳ないだろ。多少は悪いかもしれないけど……」

「じゃ、構わないだろ？　こんな無駄に広いベッド、一人じゃもったいないし。俺も今日ロンドンから帰って来たばかりで、さすがに疲れた」

「う……」

それを言われると、こちらとしては無理が言えない。しかも疲れているのに、心配したのかコンビニまでついて来てくれたのだ。邪険にできないし、そして邪険にできない自分も恨めしい。

「わかった、早々にベッドは手配しろ。それまでは先輩の慈悲でここに寝かせてやる」

「はいはい、ありがとうございます」

「そこ、もっと感情込めて言うところだろ」

「有希、怒ってばかりいると、顔に皺が増えるぞ」

「誰が怒らせているんだ、ったく、もう」

有希はどっと疲れを感じながら、拓弥が寝ている側とは反対側からベッドに上がった。そして拓弥を無視して、布団を頭から被る。すると拓弥がぽつりと呟いた。

「……有希は何だかんだといって、昔から優しいよな」

そんなことを言われると返答に困る。別に有希は誰も彼もに優しくしているわけではない。事務所の後輩だから優しくするし……、いや、悔しいが相手が拓弥だと、文句を口にしながらも、また特別甘くなるのは自覚している。

だって、拓弥は俺にアイドルを続けさせてくれた小さな恩人だから――。

＊＊＊

有希が拓弥に初めて会ったのは、十二歳のときだ。別にそのときは特別でも何でもなかった。

それから一年ちょっとして、有希はアイドルユニット『キラッシュ』のメンバーとしてデビューが決まった。それまで一緒にレッスンを受けていた拓弥を含む養成所の仲間と離れ、キラッシュに特別に用意された日々の猛特訓についていけず、身も心も疲弊していた。

別にアイドルになりたかったわけではなかった。四つ上の姉に勝手に事務所のオーディションに応募され、受かっただけだ。

さらに姉が当時の人気ゲームのキャラクターカードを箱買いしてくれるというので、その交換条件で事務所の養成所に入ったという情けない動機でもあった。

でも当時は有希の他にもその程度の理由で入所していた子供が一杯いたため、大して気にせず、放課後のクラブ活動くらいの気持ちで頑張っていた。しかし状況が変わったのは、有希が『キラッシュ』のメンバーの一人に抜擢《ばってき》された頃からだった。

有希の他に選ばれた、隼人と靖隆は養成所の中でも目を惹《ひ》く二人で、歌やダンスも他の養成所メンバーより上手く、抜擢されたときから有希とはかなり実力に差があった。

有希も歌は養成所の中でも上手いほうだったが、ダンスと一緒となると息切れをしたり、笑顔を維持できなかったりと、歌どころではなくなってしまい、声が出なくなることもしばしばだ。いつも隼人と靖隆と一緒にダンスのレッスンを受けると、曲を止めてしまうのは有希だった。

アイドルなんて俺には向かない――――。

いつしかそんなことを考え、一人で隠れて泣くようになってしまった。その日も物陰で小さく丸まって泣いていた。

もう辞めるって言おう。お姉ちゃんにも言うんだ……。

手の甲でごしごしと目を擦《こす》って、乱暴に涙を拭っていると、頭上から急に声がした。

「有希君。そんなに強く目を擦ると、赤くなっちゃうよ?」

声から一期下の後輩、拓弥だとわかったが、泣いていることを知られたくなくて、顔を上に向けられなかった。すると拓弥が有希の目の前に屈んだ気配がした。

「俺ね、有希君が一番かっこいいと思う」

「え……」

思わず顔を上げてしまった。誰が見てもわかる泣き顔の有希と、にっこりと笑った拓弥の目が合う。バツが悪かったが、拓弥の態度が変わらなかったので、そのまま黙って見つめ合った。

「有希君の踊り、『キラッシュ』の中で一番きらきらしてる。指先までこうピンッと伸びていて、いつも凄いなって思う。俺とか、すぐ気を抜いてだらんってしちゃうから」

後輩である拓弥からいきなり褒められて、緊張するし、嬉しいしで、有希は焦ってしまった。

「そ、そうか？　ありがとう……」

そう言うのが精一杯だ。だが拓弥のほうは、素っ気ない有希に気を悪くした様子もなく、話を続けてきた。

「俺、有希君を見て、この養成所に入ることを決めたんだ。だから有希君、絶対トップアイドルになれるよ。俺がかっこいいって思うんだから、みんなが思うに決まってる」

「拓弥……」

「俺、本当は有希君と同じアイドルグループに入りたかったけど、間に合わなかったのが悔しい……。父さんが小学生ではまだデビューは駄目だって」

父さんというのは、有希たちが所属している大手芸能事務所マスターズの社長のことだ。拓弥はこの事務所の次男であった。

しょんぼりとした拓弥を、今度は有希が励ましてやった。

「拓弥はこれからなんだ。きっといいチャンスが巡ってくるよ。俺も拓弥を応援しているから、頑張れ」

「ほんと？　有希君、俺を応援してくれる？」

彼の表情がぱっと輝く。

「ああ、俺が応援しなくても、拓弥なら時期が来たらデビューできると思うけどな」

「有希君が応援してくれないと、やだよ！　それに、こんなにかっこいい有希君が応援してくれるなら、俺、絶対頑張れるし！」

彼が身を乗り出して訴えてきた。その必死さがちょっと可愛くて、有希は笑ってしまった。

「有希君、間近で笑うの、ずるい……」

すると拓弥が急に顔を赤くした。

「え？　何がずるいんだ？」

「……いいよ。あのね、有希君って、自己評価低いよね」

「え？」

『自己評価』とか、とても小学生の言葉とは思えない。中学生の有希だって、あまり使わない言葉だ。頭の出来が違うということだろうか。

「だから、俺が何度も言うって決めたんだ。有希君はかっこいいって。そうしたら、有希君も少しは自分がかっこいいって信じてくれるだろ？」

「あ……う、うん」

小学生相手にちょっと押され気味なところは恥ずかしかったが、彼が一生懸命有希を励まそうとしていることが伝わってきて、そういうつまらないプライドなんかは綺麗に吹っ飛んだ。

「ありがとうな、拓弥。俺、もう少し頑張ってみるよ」

「うん、約束だよ？　有希君」

拓弥の小さな小指が有希の前に差し出された。指切をしようということなのだろう。

有希はその指に自分の小指を絡ませた。なんとなく小指の付け根がぴくんとしたような気がした。

柄にもなく赤い糸なんていう可愛い話を思い出してしまう。

後輩相手に、俺は何を考えてんだか……。

有希は思わず首を小さく振った。

「有希君？」

小指を絡ませている拓弥がそんな有希を不思議そうに見上げてきた。

「あ、いや……拓弥もいい男になって、俺を脅かすようなアイドルになれよ」

「うん！」

大きく頷いて笑った可愛い拓弥は、その後、どんどんと身長を伸ばし、大人びた風貌へと変わっていった。

そしてその三年後、結局アイドルではなく、その風貌から子役というよりは、若手俳優としてデビューしたのだった。

＊＊＊

あのときの可愛い拓弥が、こんなふてぶてしい大男に育つなんて……誰が想像したか……。

同じベッドで背中を向け合って寝ている拓弥の気配を背中越しに感じながら、小さく溜息を吐く。

いろいろ考えるのはやめて、もう寝よ。明日はスチール撮影だから、肌のコンディションが悪かったら最低だかんな……。

有希はそう自分に言い聞かせ、無理やり目を閉じたのだった。


耳元で電子音が鳴る。

有希はもぞもぞと布団から手を伸ばすと、スマホのアラームを止めた。

昼過ぎに竹内が迎えに来るので、軽く朝食を食べて、家にあるランニングマシーンで走ろうかと思い、少し早めにアラームを掛けたのだ。

「……十時か」

あ、そういえば、拓弥はどうしたんだろう……。

ふとベッドの反対側を見ると、彼の姿はなかった。ロンドンから帰ってきたばかりで、疲れているはずなのに、もう起きているようだった。

シャワーを浴びようと、ボサボサの頭のまま部屋から出ると、たった今、シャワーを浴びたばかりの拓弥と出会った。

「有希、ランニングマシーン、使ったからな」

「あ、ああ……」

どうやら有希が寝ている間に、運動をしてシャワーを浴びてきたようだ。

「朝食、テーブルの上に並べておくから、早くお前もシャワー浴びてこい」

「ちょ、どっちが家主かわからないんだけど」

「どっちも家主じゃないだろうが」

「う……」

確かに、有希も事務所からこのマンションを借りている身だった。

「ったく、面倒臭いやつだな」

本当に面倒そうに言われる。

「お前に面倒臭いとか言われたくない」

「わかったよ、こう言えばいいんだろう?」

「え?」

いきなり拓弥がそれまでのふてぶてしい顔を引っ込め、誰もが見惚れるような爽やかな笑みを精悍《せいかん》な造りの顔に浮かべた。

「有希、君と一緒に朝食を食べたいから、早くシャワーを浴びてきてほしいな」

ボンッ!

瞬間湯沸かし器のガスが点火したような音が有希の脳裏に響いたかと思うと、頬にカッと熱が集まった。

「お、おま……おま……お前っ！　そういうテレビ用の顔で言うんじゃない。ったく、お前だとわかっていても、テレビ用の『海棠拓弥』は心臓に悪いんだから」

「ふ〜ん、俺がイケメンってことは認めてんだ」

「客観的に、だ。それにイケメンっていうなら、俺のほうがイケメンだ」

「はいはい。じゃあ、イケメンさん、とっととシャワー浴びてこいよ」

あっと言う間に地に戻る。ぞんざいな扱われ方に多少むっとするが、じゃあどう扱われれば満足するのかと考えると、相手が拓弥である限り、どう転んでも不満だらけになるのは目に見えている。

有希は言い返すのを諦めて、拓弥に言われるまま、さっさと浴室へ向かったのだった。


シャワーを軽く浴びてリビングに戻ってくると、いつもは一人分の料理しか載せたことがなかったダイニングテーブルに、二人分の料理が載っていた。どこか不思議な感じがする。それにハウスキーパーの柏木さんの作った料理がいつもより輝いて見える。

二人で暮らすって、なんかいろいろと新鮮だよな……。

朝の味気ない食事が、色を増したような気がした。

「有希、朝は夏でもホットココアでいいんだよな？」

　有希が返事をする間もなく、目の前にココアが置かれる。

「え？　そうだけど、何で知ってるんだ？」

「あ？　前そうだったろ？　寮にいたとき、朝、莫迦の一つ覚えでココア缶ばっかり飲んでただろ。キッチンにココアの袋が置いてあったから、今もそうかと思っただけだ」

　そう言って、拓弥が自分のために持ってきたのはブラックコーヒーだった。

「……お前は四年前、ブラックなんて飲んでなかったよな……」

「普通は四年も経《た》てば、人間は変わるだろ。お前は例外だけど」

　いちいち一言多い。一つ一つに突っ込むのも先輩として大人げないので、スルーする。それに同居するにおいて、拓弥はこういうやつだと最初から思えば、そんなに怒りを覚えることもない。

「芯が通ってるって言えよ。俺は昔から朝はココアって決めてるの」

「だから、それが有希らしいって言ってんだろ？」

　ん？

　なんか褒められたような気がした。拓弥に限ってそんなことはないと思うのだが。

　……さっきの『お前は例外だけど』って、別に莫迦にして言ったんじゃないのか？

ふと、変わらないのがいいって言われたように感じた。

拓弥？

前の席に座った拓弥を見る。するとちょうど彼は温野菜を食べ始めたところだった。元々、事務所の社長令息で、いわゆる金持ちの息子であるせいか、カトラリーの持ち方に品があって食べ方も綺麗だ。

「あれ？　拓弥、お前、ブロッコリー食べられなかったんじゃ……」

「ああ？　いつの時代の話をしてんだよ。ブロッコリーなんてアメリカで克服した」

そう言いながら、二つ目のブロッコリーを口にする。そして有希をちらりと見て、目を眇《すが》めた。

「有希、このメニュー、ニンジンが入ってないところを見ると、お前、まだニンジン食べられないのか？」

「……よく覚えているな」

「あれだけ俺の皿によけて載せられりゃあ、嫌でも覚えてる」

有希が寮を離れるまで、拓弥も一緒に寮生活をしていたため、よく有希は大嫌いなニンジンを彼の皿の上に載せて、食べずに済ませていた。

有希はそんな子供の頃のことを言われ、自分だけ成長していないような気分にさせられる。

「あーあれだ。拓弥、だからお前は背が伸びたんだ。ニンジンをやった俺に感謝しろよ」

「なるほど、ニンジンで身長が伸びるかどうかはおいといて、だから有希は背が小っちゃいんだな」

「小っちゃくないぞ！　一七八センチだ！　言っとくけど平均より高い！　お前がでっかくなりすぎなんだ！」

「有希、ほら、口から食いもんを飛ばさない。芸能界の王子様の名が泣くぞ」

「ぐぅ……」

もう立つ瀬がない。綺麗で、王子様で、しっかりした有希先輩を演出したいのに、目の前のいけ好かない男のせいで、イメージはガッタガタのガタ落ちだ。

「ったく、お前の前ではかっこいい先輩でいたいのに……」

「一緒に住むのに、素を出してないと疲れるぞ。ま、有希は演じていてもすぐに素が出ると思うけどな」

「そうですか、そうですか。どうせ俺は見掛けとは全然違って、がさつな性格ですよ」

「へぇ、わかってたんだ。有希も少しは成長してたか」

「おい……」

突っ込んではみるが、これではどちらが年上かわかったもんじゃない。やはり海外で仕事をしてきたこともあって、拓弥は会っていなかったこの四年間で、ぐっと大人びたような気がする。

ブラックコーヒーを飲み、ブロッコリーも平然と食べる拓弥が、どこか別の人間にも思えてきた。

それでもふと見せる笑顔とか、でかい態度とか、昔の拓弥を彷彿《ほうふつ》とさせるものがところどころに散らばっていて、目の前にいる男が、やっぱり子供の頃から知っている拓弥だと再認識する。

――四年間、音信不通だったけど、会っていなかった時間の溝は、意外と埋められそうかな……。

気に食わないところもあるけれど、気が許せるところもいっぱいあって、結局はそれが、拓弥と一緒にいた時間が長かったことを物語っている。兄弟みたいで、喧嘩《けんか》してもいつの間にか許し合っているのがいい証拠なのかもしれない。

有希は気を取り直して、昔みたいに拓弥に甘えることにした。先輩の特権だ。

「拓弥、とりあえずお前の朝ドラの撮影が始まるまでは、朝ごはんの準備、ココア付きでお前の当番ね。先輩命令だから」

「あ？　有希、今どき、体育会系は古いぞ」

拓弥が不機嫌そうに顔を上げるが、有希はにっこりとテレビ用の笑顔で迎え撃った。

「働かざる者、食うべからずってね。昔の人も言ってるだろ？」

小首も傾《かし》げて言ってやった。あざとく甘い視線で見つめるのも忘れない。すると拓弥が小さく舌打ちをして食事を再開した。要するに承諾したということだ。

「拓弥、共同生活、宜しくな」

そう言ってやると、拓弥はコーヒーを飲みながら、目だけで相槌を打った。


有希が朝食後、軽くランニングマシーンで運動をし、再びシャワーで汗を流していると、マネージャーの竹内が迎えにやってきた。

「そうそう、拓弥、今日、何か用事ある？　なければ昼食一緒にどう？　ついでに有希のスチール撮影に付き合わないかい？　朝ドラの仕事は決まっているけど、まだまだ他の仕事も欲しいから、営業も兼ねて顔出ししておけば損はないと思うけど？」

「ああ？」

拓弥が面倒臭そうにタブレットから顔を上げる。拓弥のくせに、経済新聞を購読しているらしい。朝ごはんを食べ終えると、ソファーでタブレット端末を操作し、読み始めていた。

「何のスチール撮影？」

そう聞きながらも彼の視線はまた端末に向けられ、指が画面の上をスライドしている。

「有希が出演している『月9』のドラマの特集で使う宣材。女性雑誌が特集組んでくれるから、イケメンキャスト、全員撮るんだって。で、有希も呼ばれている」

ふと拓弥のスライドしている指が止まる。そして再びこちらに視線を向けた。

「イケメンキャスト？　あの主役のコンシェルジュ演《や》ってる、白《しら》木《き》正範《まさのり》も来るの？」

「白木正範さんだよ。間違っても本人を目の前にして呼び捨てしてくれるなよ」

竹内が苦笑しながら注意する。だが拓弥は気にした様子もなく、続いて口を開いた。

「で、その白木サンも来るの？」

「有希と同じ時間帯かどうかは知らないけど、スチール撮影には来るから、どこかで会えるかもしれないね。なに？　拓弥、白木さんのファンなの？」

「別に」

素っ気なく拓弥は答えたが、何か白木に対してイチモツあることは竹内も、そして二人のやりとりを聞いていた有希も察知した。

「拓弥、白木さんのファンなんだ」

「ちげーよ」

拓弥はさっさと視線をタブレットに戻してしまう。何となく気分を害したようにも見えたので、一緒に行かないかもしれないなと有希が思っていると、竹内が再度尋ねた。

「で、拓弥、どうする？　やめておくか？」

「ああ、行く」

「え⁉」

有希が驚いて声を上げると、拓弥はじろりと睨んできた。

「何だよ、有希。俺が行ったらまずいのか？」

「まずくはないけど、行くとは思っていなかったから、お前の返事に驚いたんだよ」

「ふーん、ま、いいや。竹内さん、着替える時間ある？」

「あるよ」

竹内の返事を聞いて、拓弥がソファーから立ち上がり、リビングから出ていく。彼の背中を見送ってから、有希は竹内に声を掛けた。

「拓弥、白木さんのファンなのかなぁ。あんまり想像つかないけど」

「どうだろうね。ファンというか、気になるライバルとしてチェックしているのかもしれないね。年齢は拓弥より六歳、あっちが上だけど、若手俳優という括《くく》りでは一緒だからね」

白木正範。今人気の俳優の一人で、有希とはドラマで共演していることもあって、仲がいい。

確かに拓弥が気にしていてもおかしくないけど、なんか違うような気が……。

四年のブランクがあるといえど、長年の付き合いの賜物《たまもの》か、拓弥の態度に違和感を覚える。

「機会あったら、有希からも拓弥に白木さん、紹介してあげてよ。拓弥は海外から戻ったばかりで、芸能界に知り合いもあまりいないしね」

「うん、それくらい、いいけど……」

何となく釈然としないまま、有希は現場へ向かった。

＊＊＊

「あれ？　有希君、今、撮影終わったの？」

有希がスタジオの自動販売機でミネラルウォーターを買っていると、声が掛かった。見上げた先には、すらりとした長身に程よい筋肉を纏《まと》った甘い顔だちの男性が立っていた。

「あ、白木さん、お疲れ様です」

「お疲れ様。竹内さん、今日いないの？」

爽やかな笑顔を向けられる。さすがは人気俳優だけあって笑顔一つにも隙がない。

「あ、今、今度俳優業を再開する海棠拓弥の挨拶回りをしていて、ちょっと席を外しているだけです。白木さんは今から撮影ですか？」

「そう。これが今日ラストの仕事なんだ。有希君はこの後、スケジュールどうなってるの？もし空いていたらご飯でも……」

「有希はこの後、仕事が入っていますから」

「え？」

いきなり有希と白木の会話に第三者の声が割り込んできた。

「た、拓弥！」

声がしたほうを見ると、クールとはまったく別物の、むしろ凶悪と言ったほうが近いような顔をした拓弥が腕組みをして立っていた。

その様子に白木も困惑した風な笑みを浮かべる。

「えーっと……、君、海棠拓弥君だよね。初めまして、かな？」

「ええ、初めてお会いします。海棠拓弥です。有希がいつもお世話になっています」

まるで有希の先輩であるかのような言い回しで、拓弥が有希と白木の間にこれ見よがしに割って入って来た。

「俺がいない間、いろいろ有希がご迷惑をお掛けしたのではありませんか？」

「え？　拓弥……？」

場合によっては有希が拓弥の庇護下《ひごか》に属しているとも聞こえる言い方に、有希はぎょっとした。

「有希君は気遣いのできる人だから、迷惑なんてまったく掛けられていないよ。寧ろ掛けられたいくらいなんだけどね」

何となくおかしな空気に有希は焦るが、拓弥は有希を白木から隠すように前に立ちはだかると、白木に視線を合わせた。

「日本に昨日戻って来たばかりで、今は有希と一緒に住んでいます。今後、白木さんには有希のことで迷惑を掛けないようにするつもりですが、それでもこれから有希の関連でお会いする機会は増えるかと思いますので、どうぞ宜しくお願いします」

——俺のことで、お会いする機会は増えるって？　拓弥、俺が白木さんと二人で会うときも付いてくるつもりなのか？　何で？

意味がよくわからず、有希は拓弥にそう言われた本人、白木に視線を遣る。するとしばらくきょとんとして拓弥を見ていた白木だが、すぐに片方の口端を綺麗に上げた。

「ああ、そういうことね。いや、こちらこそ宜しく」

白木が右手を差し出したのを見て、拓弥も手を出し、握手をする。

「もしかして拓弥君、それを言うためにわざわざ来てくれたのかな？」

「ええ、大事なことなので、まずはあなたにご挨拶をしておこうと思っていましたから」

二人とも誰もが見惚れる笑顔だが、何故《なぜ》か有希の胸は嫌なざわめきを覚える。

何だろう……。何となく二人ともお互いを嫌悪しているみたいな空気が、バシバシ伝わってくるんだけど……。この二人……相性が悪いのか？

拓弥は、外面はいいものの、結構好き嫌いがはっきりしているからまだわかるが、白木は誰にでも当たり障りなく接し、優しい先輩俳優として若手にも慕われている。そんな白木が初対面の拓弥を、有希が違和感を覚えるほど嫌っているとは思いにくい。

実は元々知り合い？　でも初めましてって言ったよな。どういうことだろう……？

「有希、行くぞ。あっちで竹内さんが車で待ってる」

有希が二人の仲を考えていると、拓弥は乱暴に言い放って、さっさと踵《きびす》を返した。

「え？　あ、待てよ、拓弥！　ああ、白木さん、すみません。あいつ、ちょっと態度悪かったですよね。悪気があるわけじゃなく、いつもあんな感じなんですけど、注意しておきます」

「ああ、別にいいよ。それにどちらかと言うと、ある意味、彼とは気が合うようだしね」

「え？」

それはまた意外な言葉だった。

「有希」

偉そうに廊下の奥から拓弥が呼ぶ。

「すみません、何か急いでいるようなので、これで失礼します。また次の機会があったら、ぜひ誘ってください」

有希が頭を下げると、白木は穏やかに笑った。

「そうだね、彼は少しせっかちなようだから、有希君と二人だけで、今度ゆっくりとご飯を食べに行きたいな」

「ええ、楽しみにしてます」

「有希、置いていくぞ」

またもや拓弥の声が響く。

「彼、有希君のこと自分の所有物みたいに思っているのかな?」

「え? どうなんでしょうね。元々俺のほうが先輩なのに、あいつ、いろいろと生意気なんですよね。でもあれでも、いいところはあるので、これから鍛えてやってください」

「ふーん、一応、彼のこと、褒めてあげるんだ。まあ、有希君のお願いなら、遠慮なく鍛えさせてもらおうかな。おっと、拓弥君がこっちを睨んでいるよ。殺されないうちに私も退散しようかな。じゃ、またね」

「あ、はい」

白木が手をひらひらさせて去っていく。白木の背中を見送って、有希も拓弥の後を追った。そして追いつくと、誰にも聞こえないように小声で注意をした。

「お前、白木さんに何ていう態度とってんだ。竹内さんに知られたら怒られるぞ。ったく、外では生意気な態度は厳禁だかんな」

拓弥のことを思うからこそ注意したのに、当の本人は溜息を吐き、更にじろりと睨んできた。

「何だよ」

「有希こそ、簡単に尻尾《しっぽ》振ってんじゃねぇよ」

「はあっ⁉ お前、何を言ってんだ」

「有希は昔から本気で鈍い。天然記念物モンだって諦めてはいるが、いい加減鈍すぎる。いいか、自分の身が可愛いのなら、あのエセ紳士の白木とは絶対二人っきりになるなよ、わかったな」

「なんで、後輩のお前からそんな命令されないといけないんだっ」

「有希がちょろいからだろ」

「ちょろくないっ」

「ね、竹内さんもそう思わない？」

「え？」

夢中で拓弥と言い合っていたので、目の前に竹内が姿を見せていたことに気付いていなかった。竹内は苦笑しながら、こちらへと歩いてくる。

「拓弥、有希にはもうちょっとオブラートに包んで言ってやってくれよ」

「竹内さん、それ、俺がちょろいってこと、否定していないんだけど！」

「有希の素直で人を疑わない性格、それもこの芸能界ではウリになるからね。何しろ王子様だし。普通の世界で生きていくにはまずいけど、この世界にいる限り、俺や事務所が有希を守るから、ちょろくても構わない」

悪意なくにっこりと笑みを向けられ、有希は谷底へ突き落とされたような気がした。

「……俺、竹内さんは味方だと信じてたけど、今日から考え方変える」

すると拓弥も何を思ったのか、有希に続いてぼそりと呟いた。

「俺も竹内さんは仲間だと思っていたけど、実は懐に隠れていたラスボスのような気がしてきたな。油断してたら、HP思い切り削られそうだ」

「何だよ、その悪役設定。俺は君たちのために毎日奔走しているだろう？　え？　何だよ、二人とも、その疑わしい目は」

竹内が珍しく焦った様子を見せるのが面白く、有希はつい笑ってしまった。拓弥も大きく伸びをしつつあくびをする。

「ふぁ〜っ。ま、いいや。とりあえず今日の俺の目的は達成したからな。次はどこ？」

「え？　ああ、次はキラッシュの新曲の稽古。拓弥はどうする？　このまま有希についてくるか？」

「キラッシュか。隼人と靖隆なら問題ないから、いいや」

「何が問題ないんだよ」

聞き捨てならない台詞に有希が突っ込むも、拓弥は相手にせず、竹内を促して駐車場へさっさと歩いていってしまう。

「竹内さん、俺、事務所に顔を出しに行くわ。オヤジに帰国したら顔を出せって言われてたし」

「じゃあ、有希を稽古場に送っていったら、そのまま事務所まで乗せていくよ」

「サンキュー」

なんだかんだと話しながら二人が先に行ってしまう。有希としては、先輩であるからには芸能界の礼儀をもう少し教えたかったし、ちょろいと言われたことについての抗議ももっとしたかった。

うう……。

もやもやとした思いを抱えていると、拓弥が振り返ってきた。

「ほら、有希。ちんたらしてんじゃねぇよ。置いていくぞ」

「置いていくって……俺がメインだっていうの。お前が置いていかれやがれ」

有希が車へ駆けつけると、置いていくと口にしながらも拓弥が後部座席のドアのところで立って待っていてくれる。

こういう拓弥のさり気ない優しさは昔から変わらない。だから有希も彼を嫌いにはなれないのだろう。

やっぱり、俺、ちょろいのかな……。

そんなことを思いながら、有希は隣に座った拓弥をちらりと盗み見したのだった。

◆ 2 ◆

拓弥が日本の芸能界に復帰して、早いものでそろそろ二か月が経とうとしていた。

拓弥も来年放送予定の朝ドラの撮影に入り、何かと忙しくなっていた。いや、その前から竹内があちこちに拓弥を連れまわしていたお陰で、ちょっとしたバラエティやトーク番組などの仕事が入り、結構忙しく毎日を過ごしているようだ。

そのため、拓弥の生活必需品はなかなか増えることがなく、まだベッドも買えていなかった。

結果、拓弥が有希のお気に入りのキングサイズのベッドに毎晩潜り込んでくるのもそろそろ日常になってきていた。

まあ……あいつの寝相も悪いわけじゃないし、もう慣れちゃったからな……。

最初こそ、他人と一緒に寝られないと思っていた有希だったが、今は逆に深夜に目が覚めて、拓弥がベッドにいないと、仕事でトラブってるのかな、とか心配なんてしてしまうくらいになっていた。

「そういえば、拓弥、CMちょこちょこ出始めているね」

有希は仕事先からマンションに送ってもらう車の中で、運転をしている竹内に声を掛けた。

「まあ、少しずつだけどね。あっちにいたときから、既にオファー来てたし、あと来年の朝ドラのお陰もあるかな。やっぱりライバルとしては拓弥のＣＭ本数が気になる？　有希だって幾つもＣＭやってるだろ？」

「別に気にはしてない。俺とあいつだとキャラ被らないし、需要が違うから。でもこれは気に入らない」

有希は手にしていた女性雑誌をバックミラー越しに竹内に見せた。

「俺が『彼氏にしたい芸能人』一位なのに、あいつは『十代二十代の女性調べ、抱かれたい芸能人』一位って、なに？　これ」

「ああ、有希は相変わらず全世代で一位だったね。おめでとう。次回こそは殿堂入りするかもしれないね」

竹内は嬉しそうに返してくれるが、有希はそうじゃないとばかりに話し続けた。

「でも、俺って『彼氏にしたい』だろう？　それに比べ、いくら世代が限定されているからって、拓弥が『抱かれたい芸能人』なんて、負けた気がする。しかも本格的に復帰してから二か月しか経ってないし」

「日本で仕事復帰してから二か月だけど、海外でモデルをやってるときだって、拓弥、日本でも結構話題になっていて人気だったよ。流行やファッションに敏感な十代、二十代には知名度あったし。で、有希はなんで、負けた気になるんだ？」

「だって、俺『彼氏』だよ？　結婚せずに捨てられる可能性高いってことじゃん。それに『抱かれたい』と思わせるのって、女性がその男に信頼や逞《たくま》しさを感じてるってことじゃないの？　懐の大きさとかも加味されている感じがして、男として負けた気がしてならない」

「そんなこと、気にしてるのか？　拓弥がいたら、うざいって言われるよ」

「だから拓弥のいない今に愚痴ってるの！」

自分だってこんなことを気にしているなんて、女々しいと思う。でもやっぱり拓弥のほうが女性から見て頼もしいのかと思うと、悔しい。

「拓弥の露出ってまだ少ないじゃん。帰国して二か月だし。なのに、『抱かれたい芸能人』一位。なに？　この許しがたい結果。敗北感半端ない……」

後部座席でくずおれる。この二か月間で、拓弥の大人っぷりに、先輩としていろいろと打ちのめされている有希としては、最後のダメ押しのようにも感じられた。

「拓弥は元々、こっちで俳優をやっていたときも人気があったし、帰国してから二か月といっても、下積みが違う。それに大体、有希だって、いい順位じゃないか。他の芸能人が聞いたら、羨ましがられるか、呆《あき》れ返られるぞ」

そう言う竹内自身もちょっと呆れ返った様子だ。

「……誰も俺のナイーブな心をわかってくれない」

「拓弥に聞いてもらったら？」

「言えるわけないだろ」

「二人とも仲いいのに」

「よくないよっ」

くわっと目を見開いて運転をしている竹内に大きく否定した。竹内はことあるごとに、拓弥と仲がいいと言ってくる。この間なんて、拓弥が有希に懐いているとまで言ってきた。どこをどう見たら、そんな感想が出てくるのか理解できない。拓弥は顔を合わせれば嫌みばかり言うのに、だ。こうなると『懐く』という意味を竹内が誤解しているとしか思えない。

「さあ、着いたよ」

マンションの地下駐車場で、竹内が車のエンジンを止めて、外へ出ようとした。

「あ、いいよ、竹内さん。俺、一人で部屋に戻るから。この後、金谷《かなや》を迎えに行かないとならないんだろ？　俺、ちょっと仕事押したから、早く迎えに行ってやってよ」

事務所の後輩の一人、金谷のマネージャーが今日は休みで、他のマネージャーが持ち回りでサポートしており、竹内も深夜の送迎の担当をしていた。

「じゃあ、お言葉に甘えていいかい？」

「いいよ。じゃ、また明日、昼に」

有希が車から降りると、竹内が窓を開けて話し掛けてきた。

「たぶんさ、有希のそういう後輩思いなところが、拓弥が有希を慕っている理由の一つだと思うよ。有希は若いのに、アイドルってことで天狗《てんぐ》にもならず、しっかりしているからさ」

「た、竹内さん……」

いきなりの褒め言葉に、有希の耳が熱くなる。

「だからナイーブでうざくて、多少面倒な性格をしていても、みんなが君を好きだし、慕っている。落ち込むなよ」

「な、なんか褒められても素直に嬉しいとか思えない言葉が端々に入ってるんだけど……」

照れ隠しにそんなことを口にしてしまうが、竹内が褒めてくれたことが嬉しい。ただ同時に、嬉しさを顔に出してしまったことが恥ずかしくて、『おやすみ』と挨拶をしてさっさとその場から逃げた。


有希が紅潮した頬を冷まし、マンションの部屋のドアを開けると、そこには仏頂面をした拓弥が立っていた。

「うわっ、びっくりした……。え？　拓弥、今日はもう帰っていたのか？」

ここ毎晩、拓弥は朝ドラの撮影が深夜にまで及んでいて、有希より早く帰っていた例がなかった。そのため、誰もいないと思い込んでドアを開けた途端、目の前に拓弥が立っているのを見て、有希は驚きで心臓が止まりそうになった。

「おっせぇな」

ただでさえ機嫌が悪いときの顔は凶悪なのに、目を眇めて凄まれた日には、とても『抱かれたい芸能人一位』様には見えない。

「お前なぁ……。俺の後輩なら、もうちっと先輩を労《いた》われ」

「玄関で出迎えてやっただろ。ほら、荷物かせよ」

拓弥は乱暴に有希の荷物を取り上げると、リビングへと消えていく。

えっと……本当に玄関まで迎えに出てきてくれたんだ？

思いもしなかった拓弥の行動に、目を白黒させてしまう。

「有希、風呂、すぐに入れるぞ」

更にちらりと有希に振り返ってそんなことを言ってくる。

「あ、ありがと、入る」

拓弥も浴槽に浸かる派だったため、どちらか早く家に帰ったほうが、風呂を沸かして相手が帰ってくるまでに先に風呂を済ませておくことに決めていた。だが、今まで拓弥のほうが帰りが遅かったので、必然的に有希が風呂を沸かして先に入っていた。

拓弥のことだから、先に家に帰っていても、面倒臭がってやらないかと思っていたが、意外と決めごとは守ってくれるようだ。

有希にとってバスタイムは優先順位が高い案件なので、約束を守ってくれるのは助かる。

遠慮なく、一時間程風呂に入ってリビングに戻ると、拓弥はソファーで台本のチェックをしていた。

「今回の朝ドラ、浜木綿《はまゆう》先生の脚本だろ？　拓弥の役も長台詞多いんじゃゃない？」

「まあな」

「台本読み付き合ってやろうか？」

拓弥の役は、ヒロインを大切に思う誠実な幼馴染という設定だ。普段の性格の悪さを封じ込めた拓弥の演技に、本音を言うと少しだけ興味がある。拓弥がどんな顔をして演じているのか、見てみたい。

「あ？　付き合うって？　ああ……でも有希じゃなぁ……」

「何だよ、俺じゃあ、相手にならないっていうのかよ」

「じゃなくて、キスシーンなんだよな、次回」

「キスシーン！」

予想もしていなかったシチュエーションに有希はつい大声を出してしまった。

「俺、ヒロインのことをずっと好きだった幼馴染じゃん。ヒロインを忘れようと思って、告白された別の女の子とキスするんだけど、やっぱりヒロインが好きだって自覚するシーンなんだよ。結構、演技力が物言うところ」

「そ……そうなのか」

「あれ？　有希せんぱ～い、まさかキスしたことないとか？」

ソファーに座った拓弥が莫迦にしたような目つきで有希を見上げてくる。

「あ、あるに決まってるだろ。俺だって一応、ドラマの仕事もやってるんだ」

「じゃなくて、プライベートで。本物のキスのほう」

「プ、プライベート……」

動揺のあまり、声が掠《かす》れてしまった。その様子を見て、拓弥がふ～ん、と長い相槌を打ちながらソファーから立ち上がった。ついでに双眸《そうぼう》を細め、有希に近寄ってくる。こうなると、嫌な予感しかしない。

「そういえば、有希、俺が帰国するちょっと前くらいに、恋愛解禁になったんだってな」

話題が急に変わる。プライベートでの恋愛的意味でのキスは実は未経験な有希なので、それを突っ込まれるよりは、恋愛解禁の話題のほうがマシとばかりに、目の前に立つ拓弥に黙って首を縦に振った。

「お前、童貞だろ？　変なところ真面目だから、ちゃんと事務所の言いつけ守ってそうだよな。そうだろ？」

ぎゃあっ！

一番知られたくないことを、一番知られたくない人間に指摘され、有希は心の中で思いっきり悲鳴を上げた。

今さっき、まだマシだと思った自分を殴りたい。キスよりももっと危険な話題に首を突っ込んでしまった。

強引にキスの話題に戻せないだろうか……。

キスなら演技ではしたことがあるので、適当にごまかせそうだ。

「キ、キスは、やっぱりべったりと口紅がついている女性とはしたくないかな……」

「フン、いきなりキスの話に戻るということは、やっぱり童貞か」

お前は心理学者か探偵かっ！

次々と有希の秘密を暴き出す拓弥が怖くなる。できればこれ以上暴かれる前に、この場から逃げ去りたい。だが先輩というくだらないプライドが邪魔をして、有希は動くことさえできなかった。できないどころか、拓弥を睨みつけるという暴挙に出ていた。

俺、何やってるんだ！　早くこの場から逃げて、これ以上詮索されないようにするのが、一番賢いだろ！

頭ではわかっているのに、敵に背中が見せられない有希である。特に相手が後輩なら、先輩の威厳を捨て去るわけにはいかない。しかし拓弥は有希がそんな男の尊厳にかかわる葛藤をしていることも知らずに、意地悪げな笑みを浮かべて言葉を続けた。

「ま、確かに二十四歳にもなって童貞なんて、後輩には言えないよな、有希先輩」

昔、有希のことをかっこいいと言ってくれた拓弥のはずなのに、こんないけ好かない男に成長するとは、世の無常を恨みたくなる。

「くそっ、昔のお前は可愛かったのに……」

ぽろりと口から本音が零《こぼ》れた。すると拓弥から表情が消えた。

「――有希、いつまで俺を昔の俺に当てはめてるんだよ」

拓弥の機嫌が急に悪くなる。

「拓弥？」

「……台本読み、付き合ってくれるんだろ？」

「え？」

声を上げると、いきなり拓弥の指先が有希の顎を捉えた。

「た、く……っ」

戸惑う間もなく、彼の唇が近づいてきて、そのまま有希の唇に重なった。

あ……。

彼が触れた唇からじんわりと熱が広がる。その熱が神経を伝わって、どうしてか有希の躰《からだ》の芯を甘く痺《しび》れさせた。

な、なに――？

ぶるりと躰が震えてしまう。すると拓弥がそっと有希から離れた。

「こんな僕で……君は、いいの？」

え？　ああ、ドラマの台詞か……。

そこで、有希は自分がドラマの台本に目を通しておらず、台詞がまったくわからないことに気付く。

「あ……俺、台詞……」

「そんな瞳で僕を煽《あお》らないでくれ……」

「えっ……」

再び唇を塞がれる。すぐに拓弥の手が有希の腰に回って来た。それだけで心臓が飛び跳ねそうになる。同時に下半身に覚えのある重い痺れが疼《うず》いた。

ヤバッ……。

キスによって快感の種が躰の奥に埋め込まれたのだろうか。淫らな喜悦が芽吹き、枝葉を伸ばすように有希の躰を急速に支配し始める。

歯列の隙間から拓弥の舌が滑り込んできた。そのまま口腔《こうこう》を弄《まさぐ》られ挑発されるが、有希はどうすることもできなかった。すると拓弥が焦《じ》れたように有希の舌に自分の舌を絡ませ、音を立ててきつく吸った。

「んっ……」

くぐもった声が重なった唇の僅かな隙間から零れ落ちる。力の入らぬ手で彼の胸を押して抵抗を試みたが、意外と鍛えられているらしく、しっかりとした胸板に阻まれ、思うように動けなかった。

「っ……」

舌を甘嚙《あまが》みされたり、引っ張られたり、上顎を舌先で擽《くすぐ》られたりするうちに、飲み込み切れない唾液が有希の唇から溢《あふ》れ出す。それと共に、頭の芯もぼうっとしてきた。

ドラマで女優相手に何回かキスをしたことはあるが、今までこんな風になったことはない。ここまで扇情的に甘く狂おしいキスはしたことがなかった。

あ、足に力が入らない……。

膝がみっともなくもガクガクと震え、くずおれそうになったのを、拓弥に腰を支えられ、抱きかかえられた。ますます拘束が強くなる。腰に回った彼の手が有希の臀部《でんぶ》へと滑り落ち、その双丘の狭間《はざま》に割り入った。そして普段はあまり意識したことのない場所へと彼の指先が触れた。

「んんっ……」

小さな孔《あな》を指の腹で軽く押される。

怖い――。

年下の、しかも後輩なのに、拓弥が純粋に怖くなる。どうにかして拘束を解こうとし、さっきよりも強く拓弥の胸を押した。すると、今度は簡単に有希の唇を解放し、そのまま有希の顎を伝う唾液を舌で舐《な》めとってきた。有希の躰がぞくぞくと官能的な痺れを訴える。

なんで、拓弥に触れられて、こんなに感じるんだ――？

過敏に反応してしまう自分に当惑していると、ふと首筋に熱い吐息がかかった。拓弥が小さく笑ったのだ。

「有希、勃《た》ってる……」

耳元で囁《ささや》かれる。

「うわっ！」

思わず、両手で前を押さえた。

「へぇ……俺のキス、そんなに気持ちよかった？」

「あ……あ……生理現象だから仕方ないだろっ！」

もう涙目だ。こんなみっともない姿など、後輩、特に拓弥だけには見られたくなかった。

拓弥のキスで勃ってしまった自分にもショックだが、キスが上手すぎる拓弥にも、地味にショックを覚える。

「た、拓弥、お、お前……もしかして童貞じゃないのか？」

答えを聞きたくはなかったが、聞かずにはいられず、有希は恐る恐る尋ねた。

「はっ、何を今更。当たり前だろ」

拓弥の余裕たっぷりな返事に、有希の頭が真っ白になった。いや、真っ白なスクリーンをバックに、蛍光ピンクのチカチカした色で点滅する『脱・童貞』という文字がエンドレスで右から左へと流れる。

ぐあ――――っ！

有希がずっと憧れて止《や》まなかった『脱・童貞』という文字が、神々しすぎて目に痛い。

「あ……お前……脱、童貞組なのか……？　か、勝ち組なのか……？」

目に涙がじわりと滲《にじ》んだ。

「おい、有希。何を泣いてんだよ」

「泣いてなんかいない」

目をぎゅっと瞑《つむ》った。これ以上みっともないところは見せたくない。すると拓弥が低い声でぼそぼそと呟いた。

「……お前、そんな色っぽい顔して、涙を見せるって、どこまで俺を煽るんだ。この小悪魔大王が。ぜってぇ痛い目、遭わせてやる」

あまりに小声なので、拓弥が何を言っているのか、まったく聞こえない。

「え、何だ？　聞こえない」

「いい、独り言だ。しかしお前って、本当に見た目を裏切るよな。そんなどこかの王子様みたいに綺麗な顔をして、童貞とか。後輩に先に脱童貞されて悔しがるとか。二十四歳にもなって、どこの高校生だ。ったく、ありえん」

「くそ、二回も童貞って言ったな。ナイーブな二十四歳を手酷《てひど》く傷つけやがって。お前……絶対許さん」

親の仇《かたき》とばかりに睨むと、さすがに拓弥も悪いと思ったのか、片手で頭を掻《か》きながら、フォローをし始めた。

「あー、あれだ。事務所の方針をきちんと守って、数々の誘惑にも負けず、仕事に人生を捧《ささ》げてるのは凄いと思うぞ。さすがトップアイドルというか、伊達《だて》に十年以上、芸能界でトップ走り続けていないよな。そんな有希を尊敬するというか何というか……あ……」

有希の機嫌が更に急降下しているのに気付いたのか、拓弥の口が重くなり始め、最後は止まった。

「くっ、童貞じゃないやつに、童貞をどう奉られようが、嫌みにしか聞こえないんだよ。必殺、童貞ラリアットぉ！　おりゃっ！」

強烈なのを一発お見舞いしたつもりだったが、所詮素人技なので大した威力もなく、拓弥に平然と受け止められる。忌々しい。

「有希、お前、本当に二十四歳かよ」

拓弥が呆れたように返してくる。

「いいんだ、お前くらいにしか、こんな莫迦なことはしない。普段、人前では理知的な王子様キャラでいるさ」

「白亜の殿堂で赤い薔薇《ばら》を愛《め》でていて、学校は海外のどこぞのパブリックスクールで、Sな生徒会長やってましたってやつ？　なんかSNSで女子が呟いてたのを見たぞ」

「お前が言うと、新喜劇の舞台みたいになるから言うな」

「はいはい、Sな王子様。それより、ソレ、大丈夫か？」

ソレと言って、拓弥が有希の股間を指差してくる。

「く……俺に構うな。お前はさっさと寝ろ」

拓弥に命令し、有希がトイレに向かおうとすると、強引に腕を引っ張られた。

「なあ、俺もお前に触発されて、勃っちまった。帰国してからご無沙汰だったからさ。二人で抜き合おうぜ」

「へっ⁉」

今、恐ろしいことを耳にしたような気がした。

抜き合う⁉

聞き違いであることを祈りながら、内心びくびくして、自分の腕を引っ張る拓弥に振り返った。

そこには抱かれたい芸能人一位の威力を放つ拓弥が、男の色気を纏って有希を雁字《がんじ》搦《がら》めに捕えようと罠を張っているように見えた。

「あ、あの……た……拓、弥？」

「お互い、週刊誌にすっぱ抜かれたらヤバイ時期だろ？　それに、変な女に引っ掛かって、女の売名行為に使われたら、たまったもんじゃない」

「た、確かに……」

前に新人グラビアアイドルと数人で夕飯を食べに行ったのに、いかにも二人だけで出掛けたような写真を、週刊誌に載せられたことがある。しかも、そのアイドルから『ゆきりんの恋人なんですぅ』とハートマークを飛ばされて、嘘の恋人宣言をされたときの難儀といったら、とんでもないものだった。

いくら事実無根だと訴えても、ファンからは嘆かれるし、マスコミには追われるし、二か月くらい自由に外出もできなくなり、大変な迷惑を被った。

結局、そのグラビアアイドルの写真集が月間で写真集部門売上一位になったらしいが、その後、有希には何も連絡はなかった。

「自家発電している芸能人もいるって聞くけど、さすがにそんな空《むな》しいことは避けたいし」

拓弥の言葉に、いつも自家発電の有希のこめかみがピクピクッと反応してしまう。

「キラッシュのメンバー、隼人や靖隆も二人で解決してんだろ?」

「さ、さあ……そこまでは知らない」

二人が付き合っていることは、もちろん拓弥にも言えないので、シラを切っておく。

「それに有希の秘密を知ってる俺なら、いろいろと教えてやれるけど?」

「俺の秘密?」

思い当たらず首を傾げると、呆れたように言い足された。

「初めての相手にも、お前が童貞だってばれないように、あっちのこといろいろ教えてやるって言ってるんだよ」

「あっ」

有希の最大の悩み――。

それは初めての相手に、童貞だとばれたくないが、風俗などに行って予行演習などできるわけもなく、八方塞がりだった悩み。悶々《もんもん》として過ごしてきた脱童貞問題だ。

それが解決できる――？

突然やって来た奇跡の邂逅《かいこう》に、有希は拓弥をつい縋《すが》るように見つめてしまった。すると目の前の悪魔、拓弥がにっこりと笑った。

「よし、商談成立」

有無を言わせず、拓弥は有希の腕を引っ張って寝室へと連れ込み、有希が気付いたときには、ベッドへと転がされていた。行動が素早すぎて、躊躇《ちゅうちょ》する暇もなかった。

「有希、とりあえず、今夜は転がっとけ」

「え？」

振り仰げば、拓弥がすぐに上から覆いかぶさってきた。そのまま彼の指が有希の指に絡みついてくる。重なり合った指先からジワリと熱が生まれた。

もう一方の手は忙《せわ》しなく有希のシャツを弄り、するりとウエストの隙間から素肌に触れてきた。

「ちょ……拓弥っ……」

咄嗟《とっさ》に自分の肌を這《は》う拓弥の手を止めようと握ってしまう。

「大丈夫だ、お前に無理させるつもりはない。挿《い》れるとかそういうのはナシにしとくから」

挿れる――？

男同士の性行為については、この業界にいると自然と耳に入ってくるので、悲しいことに一応意味がわかってしまう。

「あ、当たり前だっ！　挿れたら、百倍にして返すからなっ」

「プッ……それって、有希が俺に百回突っ込むってこと？　それはそれで凄いな」

「お前……絶対、楽しんでるだろ」

「当然だ。これを楽しまなくて、何を楽しむ」

有希のような男と抜き合うのが、そんなに楽しいのかと突っ込みたくなるが、それを言って、拓弥の興が醒《さ》め、有希の童貞偽装工作へのプロセスに問題が発生するとまずい。有希は敢《あ》えて突っ込むのを止めた。

拓弥の指が有希の綿パンのウエストのボタンを外してくる。すぐにツルンと有希の勃ち上がったイチモツが飛び出した。

「キスだけで、こんなに勃つって、有希ってやっぱ可愛いな」

「莫迦にすんな。それといちいち口で言うな、恥ずかしいだろっ」

「莫迦にもしてないし、褒め言葉と悪口は口に出すのが俺のモットーだ」

彼の指先が有希の屹立《きつりつ》に触れる。すると無意識にびくんと有希の欲望が反応した。

「やっぱ、可愛い。食いたくなる」

拓弥が有希の肩に唇を寄せて囁いてくる。肩越しに触れる吐息が熱を持っていて、それに意識を奪われている間に、拓弥は慣れた手つきで有希の綿パンを下着ごと足から引き抜いてしまった。

「うわっ……」

慌てて前を隠すが、今更である。拓弥は拓弥で有希の脇腹から腰のラインを丹念に触り始めた。抜き合うだけのはずなのに、こんなに触られるとは思ってもおらず、有希は歯を食い縛って擽ったいのに耐えた。

「ほら、歯ぁ、食い縛らない」

拓弥に注意されて口許《くちもと》を緩めると、すかさずキスをされる。躰の奥から淫靡《いんび》な快楽が湧き起こった。

「ふっ……んっ……」

初めて味わう感覚に戸惑っていると、拓弥の指先が脇腹から前に移り、胸へと這い上がってきた。

「あっ……」

シャツの下でもぞもぞと動く彼の手を見ているだけで、いやらしいＤＶＤを観《み》ているような気分になってきてしまう。

やがて、拓弥の手は有希の小さな胸の粒に辿《たど》りつくと、そこをゆっくりとそして執拗《しつよう》に捏《こ》ね始めた。

「た、拓弥、何で、そんなところ、触るんだよ」

「粒々していて、触り心地がいいからだろ？」

「そんな……何か、それ、やだ……うっ……」

どうしてか、次第に彼の手の動きに合わせて、有希の下肢からじんじんとした淫らな疼きが波打つように迫ってくる。

「ああっ……や……」

彼の乳首を揉《も》む手の動きが徐々に激しくなる。勃ち始めた乳首のこりこりとした硬さを愉《たの》しむかのように何度も擦られた。

「あっ……だ、め……何か変……だっ……」

「駄目じゃないだろ、見てみろよ。お前の、しっかり勃ってるぞ」

「え……」

自分の股間に目を遣ると、拓弥に胸を触られて気持ち悪いはずなのに、有希の劣情は嬉々《きき》としてしっかり上を向いていた。

信じられない——。

「食ってくれと言わんばかりに主張してやがる。ったく、我慢できねぇ」

「な、なに……」

目の前で拓弥がいきなり有希の股間に唇を寄せたかと思うと、ちゅうっといやらしい音を立てて欲望に吸い付いた。

「拓弥っ！　何をしてるんだっ！」

抗議をするも、拓弥は有希の声をスルーしてフェラチオをし続ける。もう有希の頭の中はパニック寸前だ。

「こら、放せって……ああっ……」

きつく吸われ、あろうことか嬌声《きょうせい》を漏らしてしまう。

拓弥は有希の竿《さお》にアイスキャンディーでも舐めるかのように何度も舌を這わせてくる。そんな拓弥の姿を目にするたびに、有希の躰はカッと熱を帯び、一段と深い場所から快楽が込み上げてきた。

「んっ……は……あっ……声、出る……出ちゃう……って……ああっ……」

「出せよ、お前の声、聴いていて、気持ちいい」

カリのところに歯を立てられて、ゾクゾクとした痺れが有希の脊髄を駆け上がり、脳天へと突き抜ける。次々と噴き出す狂おしい熱に訳がわからないほど翻弄される。

「あああっ……」

呆気《あっけ》なく下半身を爆発させ、竿を横からしゃぶっていた拓弥の頬に精液をぶちまけてしまう。

「わ……悪いっ、拓弥」

拓弥が頬についた白い液体を指で拭いながら、有希の股間から視線を上げてきた。

「有希、達《い》くなら達くって言えよ。お前の飲んでやったのに。あ～あ、顔射されちまった」

拓弥の男らしい顔が、さも残念そうに少し歪《ゆが》み、自分の指についた有希の精液を長い舌でぺろりと舐めた。

「飲むって……何を飲むんだ！　そ、それに、が、ががが、顔射って……」

「今度から達くときはちゃんと言えよ。飲んでやるから」

「な……なな……」

鯉《こい》のように口をパクパクさせていると、拓弥がチュッと音を立ててキスをしてきた。そのまま口内へと舌が滑り込み、拓弥だと思えないほど優しく愛撫《あいぶ》される。

「っ……」

同時に、さわさわと拓弥の手が脇腹や腰、足の付け根に触れてくる。強くもなく、決して弱くもない絶妙な感触は、有希を更なる快感へと追い詰めてきた。あまりの気持ちよさに頭がぼおっとしてくる。

「おい、痕、付けるからな」

拓弥が有希の耳朶《じだ》に軽く歯を立てて、囁いてきた。

「え？　痕？」

何の――――？

意味がわからず拓弥の顔を見上げると、優しく有希を見つめる瞳とぶつかる。

「大丈夫だ、普通にしてたら見えねえとこに、付けっから」

彼は顎、首筋と唇を伝わすと、それまで手で触っていた脇腹へとその唇を移動させた。そして先ほど拓弥の指を濡《ぬ》らした有希の精液を味わった舌で、ねっとりと脇腹を舐める。

「ああっ……」

下肢にズンと響くような重い痺れに声を上げると、拓弥の艶《なま》めかしい舌がその快感の核を探るようにツツッと臍《へそ》へ移った。そのままいきなり有希の足を大きく左右に開く。

「拓弥⁉」

拓弥はそこに頭を沈めると、有希の下生えが濡れるほどしゃぶり始めた。

「や……めっ……んんっ……痛っ……」

制しようと彼の頭に手を添えるが、その際《きわ》の辺りにきつく吸いつかれる。刹那、背筋を鋭い疼痛《とうつう》が駆け上がった。

「あああっ……」

ピュッと音を立てて、有希はまた軽く吐精してしまう。

「溜《た》まってるな、有希。それに、また俺に断りもなく達ったな」

愉しそうに拓弥に言われ、自分の股間に蹲《うずくま》る彼を睨みつけた。すると有希の足の付け根の際に、薄紅色のキスマークが付いているのが目に入る。

「な……痕ってそういうことかっ」

「情事中に『痕』って言ったら、キスマークだろ。まさか、お前、シーツの痕が顔に付くとか、そういうレベルのことを考えていたのか？」

「くっ……」

まさにその通りで、だからこそ『痕』の意味がよくわからなかったのだ。反論できない。二十四歳にしては職業的事情で実地訓練があまりにも少ないのだ。そこは仕方がないと思ってほしいと、有希は切に願った。

「有希、お前ばっかり、二回も逹きやがって。俺のことも気持ちよくさせろよ」

そう言いながら、拓弥はズボンの前を緩める。そこには拓弥の態度のでかさに匹敵するほどの、でかいイチモツがあった。

「ちょ……どうやってそれを……」

「足？」

「だから今日は、お前は転がっているだけでいいって言っただろ？　足を借りるぞ」

そう問うや否や、拓弥が有希をくるりと反転し四つん這いにさせてきた。尻を拓弥に見せるような恰好をさせられる。

「え？」

戸惑う有希をよそに、拓弥の指が有希のぴったりと引っ付いていた内腿《うちもも》をこじ開け、その間に自身の男根を挟み込んだ。

予想以上に熱く硬い屹立が、有希の内腿に挟まれる。

「動くから、ちゃんと俺を挟んでいろよ」

「え……あっ……」

突然、拓弥の肉欲が有希の内腿で抜き差しされた。有希の昂《たかぶ》っていた劣情も一緒に擦られ、その激しい抽挿に、再び淫靡な快楽の焔《ほのお》が躰に灯《とも》る。

「あ……っ……」

また声が出てしまう。すると拓弥の右手が有希のシャツの下を弄り、乳首を探し当てる。勃ち上がったままだった有希の乳頭を指で抓《つま》み、軽く引っ張った。

「っ……あっ……んっ……」

疼痛が生まれたかと思うと、また有希の下半身が蜜を零し始めた。

こんなことが気持ちいいなんて——。

下肢をぴったりと合わせ、拓弥と熱を共有している。彼の生み出す律動に揺さぶられ、恐ろしいほどの快楽に襲われる。

「ああっ……くぅっ……」

「どっちので、こんなに濡れているのかわからないな」

拓弥の声で、下肢からぐちょぐちょと湿った音が聞こえるのに気付いた。自分の股を使って、こんな淫らな音が出るとは知らなかった。

「あっ……もう、早く達ってくれよ……拓弥……っ……」

堪《たま》らず懇願すると、彼の指がどうしてか臀部に割り入って、小さな蕾《つぼみ》に到達した。

「た……拓弥っ！」

男同士のセックスでは、そこを使うときもあると聞いたことがある。有希は恐怖に身を竦《すく》めた。すると、拓弥が指の腹でそこにゆるゆると触れながら囁いた。

「大丈夫だ、安心しろ。今日は使わない」

今日は――？

どことなく不安を感じさせる言い回しだ。

「有希のここ、快感でひくひくしてるな」

「嘘っ！」

そんな訳がないと思うが、自分では見えないので、拓弥の台詞に戦慄を覚える。すると拓弥が何かを察したのか、有希の頭を優しく撫《な》でてきた。

「やっぱ、お前、可愛いな」

「だから莫迦にする……な……くっ……はあっ……」

再び拓弥が淫猥《いんわい》に動き始める。有希の躰の中で愉悦が膨らんだ。同時に下腹部がジンジンと疼く。

「あっ……もうだ……め……あっ……」

拓弥の猛《たけ》る劣情を、有希の既に限界に近い欲望に擦りつけられ、目の前がスパークする。

「あああっ……」

溢れる喜悦に翻弄され、ただ、快楽の波に呑み込まれる。

「有希――っ」

項《うなじ》に唇を当てられ、熱い吐息交じりに名前を囁かれる。首筋から背筋にかけてぞくぞくとし、躰の中で何か得体の知れないものが、大きくうねった。

「あっ……達く……また達っちゃ……うっ……ふっ……」

瞬間、躰がふわりと軽くなり、意識が遠くなるのがわかった。そのままじわりと視界が狭まり、ブラックアウトする。

意識が消え掛かるさなか、有希は自分の下肢に熱を帯びた飛沫《ひまつ》を感じたのだった。

◆ 3 ◆

「有希、どうした？　元気ないようだけど」

歌番組のリハーサルが終わり、一旦、楽屋へと戻ると、キラッシュのメンバーの一人、隼人が心配そうに有希に声を掛けてきた。

真田《さなだ》隼人。有希が属しているアイドルグループ、キラッシュの一人で、現在、単独でバラエティにもよく出演し、お茶の間の正統派アイドルとして人気を博している。可愛い顔をしているが、これでも有希より一つ年上の二十五歳だ。

「そうかな、自分ではいつもと変わりない気がしているけど……」

「えーっと、拓弥と何かあった？」

「え？」

いきなり拓弥の名前が出たことに驚いて、隼人の顔に視線を遣ると、彼がいやらしい笑みを浮かべていた。

「ウシシ……」

「隼人、アイドルらしくない笑い方、すんな」

「有希、拓弥と同棲《どうせい》して三か月くらいするんだっけ？」

「同居な、隼人のところとは違うから。えっと、そうだな、三か月はまだ経ってないかな」

「そんなに疲れた顔をしてるってことは、そろそろ拓弥に襲われたのかなぁって思ったり。あ、もしかして有希が乗っちゃったとか？」

あまりに下品な内容に思わず有希は顔を顰《しか》めた。

「だから、お前のところとは違うから。いいか、大切なことだから二回言ったぞ」

ビシッと言ってやる。隼人は相変わらずもう一人のメンバーの靖隆とラブラブな毎日を過ごしているようだが、その幸せを有希と分かち合いたいのか、すぐに有希を誰かとくっつけたがるところが玉に瑕《きず》だ。普段はメンバー思いでいいヤツなのだが。

「うちは違うよ。靖隆は次の日に仕事が入っていたら、控えめにしてくれるしね」

「だ～か～ら～、隼人、そういう生々しいのいらないし」

「ほんっと、有希は相変わらずウブだよね。いつまで経っても初々しい有希で、お兄さん、嬉しいな」

隼人がとても年上とは思えない童顔で、にっこりと笑って首を傾げる。

「う……。と、とぼけて人の話を茶化すな。とにかく、次の日に仕事があろうがなかろうが、俺と拓弥には何もない。わかったか」

抜き合いっこはしたが、あれは拓弥の台本読みを手伝っているうちに、つい勃ってしまったから、ああいうことになったのだ。他意はない。

それから二、三日に一回くらい抜き合うようになったのも、それまで有希があまりにも禁欲的すぎな生活を送っていたため、つい覚えたての快楽に負けてしまうからだと思う。

大体、ふと気づくと、拓弥にそういう雰囲気に持っていかれてしまうのだ。童貞じゃないと、そういうところもそつがない。かといって、拓弥自身も日常では今まで通り普通に接してくるし、よそよそしさもない。

きっと拓弥にとっては何でもないことなのだろう。有希が童貞だから、気にしてしまうに違いない。

「ええ～、あの拓弥だよ。とりあえず据え膳は食うみたいな拓弥が、美人な有希を目の前にして何もしないなんて、あり得るかなぁ」

「お前なぁ、拓弥を何だと思ってるんだ。あいつは見た目はああだけど、意外と気を遣ったりするやつなんだぞ。まあ、童貞じゃないみたいだけど……」

最後は、もにょもにょと小声になってしまう。

「へえ、拓弥とそういう話もするんだ」

「そ、そりゃ、するさ。男同士だからな。そういう下ネタも時々は話す」

いや、本当はあの時だけだ。拓弥は意地悪なことはよく言うが、あまり有希の苦手な下ネタは口にしない。

あれ？　俺がそういうの苦手ってこと知ってるのか――――？

そんなことにふと気づく。

「でも有希さぁ、拓弥のこと嫌っているはずなのに、意外とあいつの評価高いよね」

「ええっ⁉　高くないぞ。あいつ態度でかいし、人を先輩だと思ってないし……」

「でも今だって、俺が拓弥のこと悪く言ったら、庇《かば》ったじゃん？」

「あー、それは何というか。俺のは拓弥の僅かしかない、いいところも知っているからこその悪口なんだけど、あいつのいいところを知らずに、悪口を言ってほしくはないというか……。うん、難しいな。でもやっぱり拓弥の悪口を他の人からは聞きたくないのかな。たぶん、俺、あいつのこと小さい頃から知ってて、弟に近い感情を持っているからかもしれないな……」

「弟かぁ……。それにしても随分図体《ずうたい》もでかくなったよね。海外に行ったら、余計大きくなったし。もう二十二歳だっけ、あいつ。さすがに身長止まったかな」

隼人もデビュー時、キラッシュのバックダンサーを務めていた拓弥を知っているので、成長した拓弥に対して感慨深いものを持っているようだ。

「で、実際どう？　同居、上手くいってる？」

「まあ……朝ごはんはテーブルの上に並べてくれるし、あっちが早く帰っていれば、風呂を沸かしておいてくれるのが助かるかな。あと、ちょっとした買い物も行ってくれる」

やってもらっていることの一部を言うと、隼人が驚いたように目を見開いた。

「え？　あの拓弥が？　なんか態度でかくて亭主関白っぽいのに、そういうことするんだ。あ、相手が有希だからかな。あいつ、昔から有希のこと、崇拝してたし」

「崇拝してないって。まあ、憧れてるって昔はよく言われたけど、今はそんな感じ、全然しないし。どちらかと言うと莫迦にされてる」

有希がそう言ったにもかかわらず、隼人は都合のいいように受け止めて、勝手に騒ぎ出した。

「うわ、靖隆に言わなきゃ。拓弥、意外と健気《けなげ》だって……」

「健気って……、隼人、人の話、聞いてたか？　今の話のどこがどんな風になって、拓弥が健気になるんだ？」

「拓弥、報われてないし」

そんなことをじっと見つめられて言われるが、それこそ意味がわからない。

「ねえ、有希。今日、収録終わったら、靖隆と二人で有希のマンション行っていい？　健気な拓弥、見てみたい」

「だから、健気じゃないって。それに拓弥は昨日から、なんか単発的な仕事があるからってアメリカへ行ってるよ。とんぼ返りらしいから明日には帰ってくるけど」

「だから有希、元気がなかったのか……」

「違うって、拓弥とは関係ないよ。はぁ……、あまり気にしていないつもりだったけど、元気がなくなるというか、気分が落ちてるのは、もしかしたらリミットボンバーのせいかな」

「ああ、そっちね。また何か言ってきた？」

「言われてないけど、今日の歌番組で一緒かと思うと憂鬱」

有希たちと事務所は違うが、今人気のアイドルグループ、リミットボンバーの一人、桜井《さくらい》健司《けんじ》が有希に執拗に絡んでくるのだ。

もちろん相手にはしていないが、会うと嫌みを口にされるので、歌番組などで一緒になると、少し憂鬱になる。

「竹内さんにも言ってあるから、気を付けてくれていると思うし、もし隣に座るようなことがあったら、俺が間に入ってやるよ」

「悪いな、隼人」

「構わないよ、そんなこと。大体、うちの有希に文句があるなら、俺に言ってこいって。空手二段の腕前で叩きのめしてやる。エイッ！」

隼人が綺麗な空手の型を見せる。するとそこにキラッシュの三人目のメンバー、真鍋《まなべ》靖隆が顔を出した。

「おいおい、何を叩きのめすって？　物騒な話題だな」

有希と同い年の靖隆は、その理知的な容姿を武器に、バラエティ番組の司会のサポートや、最近はニュース番組のコメンテイターなどもしている。インテリ系アイドルとして人気が高い。

実のところも、キラッシュのリーダーであり、一番頼りがいがある人物でもある。

「靖隆！　段取り決まった？」

「お前ら二人ともさっさと楽屋に戻りやがって、竹内さんと適当に段取り決めてきたからな」

「だって、仕切るのは靖隆だし。俺たちは靖隆に従うだけだからさ。でも、さっすが俺の靖隆！　完璧っ！」

隼人が嬉しそうに靖隆に飛びつく。靖隆もまんざらでもなさそうに、隼人を抱きとめた。

「ご褒美のチュウ」

隼人は有希のことを気にせず、靖隆の頬にキスをした。

「こらこら、隼人。有希がいるだろ？」

「ええ？　有希もたまには俺たちの仲がいいところを見たいよね？　そうじゃないと喧嘩しているんじゃないかとか、心配だよね？」

ちらりと隼人が有希を見てくる。どうやら二人のラブラブさを見て欲しいようだ。

「いや、喧嘩しているとか、そういう無駄な心配はしないから。隼人と靖隆がラブラブだってことは、見なくてもわかるからな。俺に気を遣わずに、どうぞ、どうぞ」

これ以上あてられては敵《かな》わないので、有希は椅子から立ち上がった。

「俺、飲み物買ってくるよ。十分だけ時間やるから、いちゃいちゃしてて。十分経ったら、キラッシュとして、ビシッとアイドルらしく決めてくれよ」

「了解！」

隼人の元気な声が楽屋に響く。続いて靖隆の落ち着いた声もした。

「悪いな、有希。今日、この収録が入っていたから、昨夜《ゆうべ》あまり隼人を甘やかしてやれなかったんだ……」

「ああ、ほどほどにしとけよ」

有希は軽くウィンクをすると、隼人たちに手を振って楽屋から出た。そのまま廊下に設置してある自販機で飲み物を買うと、他の歌手がリハーサルをしているスタジオへと顔を出す。

そこではちょうど、ソロの女性歌手、リナのテンポの良い曲が流れ、カメラの位置と自分の立ち位置を確認しながら、リナ本人が華やかなパフォーマンスをしていた。

このステージに立てるのは、ほんの僅かな芸能人だけだ。誰もが必死に努力して人気を勝ち取り、このステージへと上がる。しかし一方では人気が落ち、消えていく芸能人もたくさんい

る。

落ちていく人間の中には、自分はこんなに努力したのに報われなかった、駄目だったと弱音を吐き、時には関係者を恨み、成功しなかったのを、すべて他人のせいにして去っていくものもいる。

有希もそういう人間に、歌手のくせに歌も歌えずチャラチャラしやがって、と嫌みを言われたことが何度もあった。

本当はチャラチャラなどしていない。ただ、こちらの苦悩や努力をテレビの向こう側の人たちに勘付かれないように努力しているだけだ。

日常に疲れた人たちに夢や癒し、時には笑いを届けるアイドルに徹していることで、有希自身が心を蝕《むしば》まれることもある。だがそういう思いを外に表さないこともアイドルであると思い、モットーとして頑張っている。

死ぬほど努力しているのは、落ちていった人間ではなく、そこに居続け、常に上を目指している人間だ。

たぶん落ちていく人はそれに気付けず、自分が一番頑張っていると思い込んでいるから結果的に努力が足りず、人を恨み、自己満足ゆえに落ちていくのだ。自己欺瞞《ぎまん》に潰されるのかもしれない。

有希もこの十年、死ぬ気で、ただがむしゃらに努力した。人が聞けば驚くが、ダンスなんて本当は得意ではないし、一旦カメラが回れば、自分とはまったく違う性格、王子様気質のキャラをずっと演じ続けなければならない。緊張の連続だ。

でも、それが俺の選んだ道だから、負けたくない――。

誰もが人生を戦場に例えるときがあるかもしれない。

有希もそうだ。他人に攻撃を仕掛けるつもりはないが、攻撃から身を守ることに必死だ。数々の戦火を潜《くぐ》り抜け、この戦場で仲間と一緒に最後まで生き残りたい。そのための努力は惜しまない。ずっとキラッシュをこの芸能界に残していきたい。それが有希の絶対叶《かな》えたい大きな夢の一つだ。

「はーい、OKでーす」

スタッフの声で我に返る。リナのパフォーマンスのリハーサルが終わったようだった。辺りが急に騒がしくなる。

リナはまだ納得がいかないのか、何度もターンをし、スカートの広がり具合を確認していた。一番綺麗に見える広がり方や角度を、モニターを観ながら入念にチェックし、スタッフにも意見を求めているようだ。

ふと彼女の視線が有希にとまる。

「あ！　有希君、有希君、ちょうどいいところにいたわ！　ちょっと見て～」

　あっと言う間に有希のところまで走って来たかと思うと、強引にモニター前へと連れて行かれる。

「リナちゃん、今回の新曲もいい感じだね」

「そう思うなら、有希君も協力して。男子の意見も聞きたいの。どっちのターンが可愛いと思う？　あ、スカートの模様も考慮してね」

　リナとは何度も歌番組で顔を合わせていることもあって、結構よく話す芸能人という仲になっている。

「スカートの広がり方はこっちのほうが綺麗だよね。ほら、リナちゃんの足が綺麗に見えるのもこっちだし。スカートの柄が切れちゃうけど、男からしたら、この美脚は捨てがたい」

「そうか……。足を見せるっていうのもありよね。もう、うちの新しいマネージャー、意見を求めても、何でも可愛いからどれでもいいって言うのよ。まったく使いものにならないわ」

　リナが薄桃色の艶やかな唇を突き出す。

「何も計算せずに可愛いとかいう奇跡なんてあり得ないわよ。少なくとも芸能界では通用しないわ。『可愛い』はアートの一種で、ほんの僅かでも手抜きはできないのに、何も知ろうとはしないで、褒めればいいって思ってるみたいなの。そんないい加減なやつが私付きのマネージャーになったのよ。もう、今日こそは社長に文句言って替えてもらうわ」

「リナちゃんのプロ意識をきちんと理解した人でないと、難しいよね」

「そうよ、って、有希君、ありがとう。プロ意識だなんて、そうやって私を認めてくれる人、少ないから嬉しい」

笑顔で両手を掴まれたかと思うと、ブンブンと上下に振られた。

「よし、じゃあ、今日は男の子デーってことで、足綺麗に見せちゃうゾ作戦にしよ。ありがとうね、有希君。じゃあ、また本番で」

リナはそう言うと、すぐに現場から離れていってしまった。サバサバしているというか、すっきりした性格だ。そんな彼女を微笑《ほほえ》ましく思いながら、有希もそろそろ楽屋に戻ろうとしたときだった。後ろから声が掛かる。

「あれ？　笹島君、こんなところでサボり？」

この声は一番会いたくなかった、リミットボンバーの一人、桜井健司のものだ。有希は眉間に皺が寄りそうになるのを堪《こら》えながら、表面上はにこやかに、声のしたほうへと振り返った。

「おはようございます、桜井君。今日は宜しくお願いします。今からリハですか？」

「ああ、今から。今日も宜しく。それにしても笹島君は余裕だねぇ。本番前に、リナちゃんを口説くなんて、ファンが知ったらイメージダウンじゃないか？　あまりこんなところで、堂々とナンパしないほうがいいよ」

桜井は、アイドルということで確かに顔の造りはいいが、どこか卑屈な表情を隠し持つ男だ。キラッシュに対してもあまりいい感情を持っていない様子が、時々見え隠れする。有希に絡むのもそういった事情からだろうと察していた。

「違いますよ、ちょっとパフォーマンスのことで意見を求められただけですよ。じゃあ、僕は楽屋に戻らないとならないので、失礼します」

有希はなるべく桜井と一緒にいないように、この場から早々に立ち去ろうとした。だが、その行く手を阻まれる。

「リナちゃんとは長く話せても、俺とは話したくないのかな？」

「そんなことはないですが、早く楽屋に戻らないと、他のメンバーに怒られるので」

「落ち目のアイドルとは口をきくのも嫌なのかと思ったよ」

有希は心の中で大きな溜息を吐きつつ、それを態度に出さないよう気を付けて答えた。

「落ち目のアイドルなんて、ここにはいないと思いますが？」

「ふん、心では莫迦にしているくせに、よく言うよな。人気のある芸能人には金魚の糞《ふん》みたいに、付いていくのにな」

そんな覚えはないが、きっと卑屈になっている桜井から見ると、有希が人気芸能人に尻尾を振っているように見えるのかもしれない。

「スケジュールが決められているので、そうそう個人的に誰かと出掛けることはしないですよ。人気のある芸能人というのが誰を指すのかわかりませんが、僕はあまり人とは出掛けません。ではこれで失礼しま……」

強引にスタジオから出ようと前に出した足を、桜井に引っ掛けられる。有希はバランスを崩し、転びそうになった。

しまった――――！

「大丈夫かい？　有希君」

倒れる寸前に腕を引っ張られ、助けられる。顔を上げれば、そこには月9のドラマで一緒に仕事をしている、主演の白木正範が立っていた。

「あ……白木さん！　ありがとうございます」

「スタジオにはいろいろ置いてあるからね、気を付けないといけないよ。コードやら、空き箱やら、あと知らない人の足とかね……」

白木がちらりと桜井のほうへ視線を遣る。どうやら桜井が有希の足を引っ掛けたのに気付いているようだった。

桜井は表情を歪めると、バツの悪さを隠すためか、ひょいと笑顔になった。

「笹島君、足元気を付けなよ。あっと、俺、リハ始まるから、行くな。じゃ」

何か言われたら大変とばかりに、桜井は慌てて去っていってしまった。

今から本番を迎える人間を相手に、怪我《けが》をさせようとした彼に腹立たしく思う一方、やっと彼が離れていったことに安堵もする。

しかし怪我をしなくて良かった。打ち身一つでもダンスに影響が出てしまうのだ。本番前に、そんなトラブルは御免である。

有希が桜井の背中を見つめていると、意外と呑気《のんき》な響きを持った声が聞こえてきた。

「本当にあるんだねぇ、アイドル同士の蹴落とし合い。あ、この場合は有希君が一方的に被害者だから、蹴落とし合いとは言わないか」

「すみません、白木さん、助かりました」

有希は改めて白木に向き直り、頭を下げた。彼がタイミングよく引っ張ってくれなかったら、今頃どこかを打撲していたに違いない。

「いや、偶然とはいえ、いいところに来られてよかったよ」

「あの、白木さんは、今日はここで？」

「ああ、別のスタジオだけど、バラエティで呼ばれてるんだ。それで、今日ここでキラッシュが歌番組の収録をしているって聞いて、有希君の顔を見にちょっと来てみたら、陰湿な苛《いじ》めに出くわしたって感じかな」

「陰湿な苛めって……。そこまで酷くないんですけどね。でも本当に助かりました。あっちも逃げていってくれたし」

「そんなに感謝してくれているのなら、ご飯に付き合ってよ。前に約束してただろう？　今夜とかどう？」

気障にウィンクをしてくるが、白木ほどの色男になると、そのウィンクも嫌みにならず、似合ってしまう。

「今夜ですか……。たぶん今夜は収録の後、キラッシュのメンバーとの打ち上げになるかと思うので、ちょっと時間が取れないかも……。もし白木さんのご都合が良ければ、明日の晩はいかがですか？」

「明日？　明日は夜の九時くらいなら、いいよ。有希君もいいの？」

「ええ、明日は埼玉《さいたま》へロケに出掛けるんですが、夜九時なら余裕で間に合います」

「あの番犬君は？」

彼が少しおどけた様子で尋ねてきた。一瞬、誰のことを指しているのか思い当たらなかったが、先日の白木と拓弥のやりとりを思い出して、合点した。

「番犬って……もしかして拓弥のことですか？」

「この間、会ったとき、かなり牽制《けんせい》されたからね。彼は大丈夫かなって」

先日拓弥の態度が横柄だったのは、白木に対しての牽制だったのだろうか。拓弥も今度から再び俳優を軸としてやっていく上で、白木をライバル視して牽制したのかもしれない。

だが、拓弥が誰かに対して牽制なんてするタイプには思えないので、白木の言葉に賛同もできず、有希は曖昧に受け流した。

「拓弥は今、アメリカなんです。明日帰ってきますが、俺がいなくても、合鍵を持っているので、大丈夫ですよ」

「そういうことじゃないんだけどね……ま、いいか」

「え？　何がいいんですか？」

「ああ、気にしないで。大体、留守中、目を離したあっちに落ち度はあるしね」

「落ち度？　え？　拓弥と何かあったんですか？」

「いや、ないよ。むしろこれからあるかもしれないけど」

益々意味がわからない。

「じゃあ、明日の晩、楽しみにしているよ。携番は知ってるよね？　また何かあったら連絡して」

「あ、はい」

「じゃ、また。私もそろそろスタジオに戻らないとならないからね」

「あ、白木さん、本当にありがとうございました」

有希の再度の礼に、白木は片手を上げて応えると現場へと戻って行った。

煙《けむ》に巻かれたような気分になるが、白木のほうが先輩であるし、お世話にもなっているので突っ込むことができない。

有希はただ黙って白木の背中を見送ることしかできなかった。

＊＊＊

翌日のロケは、有希が受け持つレギュラーコーナー『王子様とケモノ』の撮影のため、早朝からロケバスで埼玉へと移動した。

視聴者からの情報を得て、関東エリアでお勧めの猫カフェや、その他の動物カフェへ、有希がアナウンサーと二人で実際に行って、レポートをするというものだ。

昼の番組の一コーナーではあるが、放映時には『#王子様とケモノ』とか『#美女と野獣』というハッシュタグがツイッターのトレンドに上がるほど、人気のコーナーになっていた。

撮影も終わり、ロケバスの中で着替えていると、マネージャーの竹内が話し掛けてきた。

「有希、撮影ご苦労様。いい画《え》が撮れたって、カメラマンさんも喜んでたよ」

「俺のレポ、どうだった?」

「わかりやすかったよ。でも有希は本当に動物好きだね。レポを聞いていても、こちらが微笑ましくなるくらい動物に対しての愛を感じるよ。きっとそれが視聴者にも伝わって、このコーナー、人気が高いのかもね」

「よかった。あの子たちの良さ、伝えたいからさ。モフモフは癒しだし、この仕事、俺の天職」

今日はうさぎカフェのレポートだった。カフェではグッズも売っており、収録後、有希は白うさぎと黒うさぎのマグカップを一つずつ買っていた。一個は自分用で、もう一個は仕方ないけど拓弥への土産《みやげ》だ。

自分だけ、うさぎのマグカップを使うというのも恥ずかしいから二つ買ったのだが、拓弥が果たしてあの顔でうさぎのマグカップを使うかどうかはわからない。

……ま、拓弥が使わないなら、俺が黒うさぎのマグカップ使って、隼人が遊びに来たときに白うさぎのマグカップ出してやればいいかな。

鞄《かばん》からちらりと見える包装紙を目にしながら、そんなことを考えていると、ふと竹内が思い出したように言い足した。

「あ、そういえば、さっき拓弥がアメリカから成田に戻ってきたって、連絡があった」

「拓弥、もう帰ってきたんだ。本当にとんぼ返りだったんだね。何の仕事でアメリカに行ったの？　単発とかいうのは聞いたけど」

「仕事っていうか、拓弥がコレクションのモデルをやっていたときに世話になった雑誌社の創立記念パーティー。ギャラは発生しないけど、こちらも今後のことを考えると、断るわけにいかないからね。拓弥もちょうどアメリカに行きたい私用があったとかで、二つ返事で行ってくれたから助かったよ」

「そうなんだ……」

アメリカまで行くのに、まるで都内のスタジオにでも行くような感じで、ひょいっと行ってしまった拓弥を見て、彼がグローバルに活動を広げていることを、有希は改めて感じてしまった。

どんどん俳優として幅を広げる拓弥に対して、焦る気持ちも抱くが、同時に寂《さみ》しいという思いも抱いた。

自分を慕ってくれ、どん底で足掻《あが》いていたときに、いつも励ましてくれた可愛い後輩が、遠くに行ってしまう。本当はずっと傍《そば》にいたいのに。寂しい――。

四年前、彼が外国へ行ってしまったときよりも今のほうが、寂寥感《せきりょうかん》が募る。自分が感じている寂しさは距離によるものではないと、再確認するしかない。

彼に置いていかれないために、自分はどうするべきなんだろうか。もっと視野を広げて、今以上に頑張らないと駄目なことはわかっている。拓弥の傍にいたいと思うのなら、彼に負けないくらいの力を身に付けなければならない。

「……竹内さん、拓弥ってさぁ、本当にハリウッドとか狙ってるの？」

「え？」

竹内が驚いたように目を見開く。

「俺も、もっと演技の勉強がしたい。アイドルだから適当でいいとか思われたくない。きちんと俳優としてもやっていけるだけの演技力を磨きたい」

「有希もハリウッドを狙いたいってこと？」

「ってことは、やっぱり拓弥もハリウッドを狙ってるんだ？」

有希はすかさず竹内に聞き返した。

「いや、そうじゃないけど。拓弥は海外に拠点を置くようなことは当分したくないって言ってるらしいよ。この四年間は社長と約束して、何か理由があって海外で仕事していたみたいだし。それよりも有希はハリウッドに興味があるの？」

「ハリウッドとか、そういう場所には拘《こだわ》らないけど、今のままじゃ満足できない。アイドルとして、これからも頑張っていきたいし、俳優としても認められたい。これって欲張りなのかな……。でも、このままじゃ駄目だってことはわかる」

自分のビジョンもまだはっきりしていない。二十四歳になってもまだまだ甘い考え方で、世間の二十四歳とはかなり違うだろうことも想像できる。それでも前へ、上へと進みたい。

「やる気だけの、ない物ねだりは通用しないよ?」

「わかってる。俺にはまだまだいろんなことが足りない。だから竹内さんや社長にも、これからもいろいろと相談に乗って欲しい」

結局は事務所に頼ってしまう自分だが、今までもここまで導いてくれた人たちだ。有希自身も信頼している。

有希がじっと竹内の顔を見つめていると、それまで厳しい顔つきをしていた竹内が、ふと表情を和らげた。

「有希は根っからの仕事人間だね。この間『恋愛禁止解除』になったばかりなのに、まったく恋愛に興味を示さない」

「そ、それは……恋愛は急にできるもんじゃないし……」

童貞問題も解決していないので、迂闊《うかつ》に女の子と付き合えないという理由もあるが、それは竹内には言えない。

「うん、そうだね。でも人によっては、解除された途端、恋愛まっしぐらの人もいれば、仕事のほうが楽しくて、恋愛に興味がいかない人もいるんだ。有希は後者だね。でも急にそういうことを言い出すってことは、やっぱり拓弥が帰国したことに大きく関係するのかな？」

「……そうだね。悔しいけど拓弥のことは認めているし、あいつには負けたくない。刺激を受ける」

今だからこそ竹内に言える本音だ。

「いいライバルだね。そうやって高められる相手がいるうちは絶対に伸びるよ、有希」

「じゃあ、ずっと拓弥と張り合ってやる。あいつも、中途半端なところで満足するやつじゃないと思うからさ」

それこそ有希の望むところだ。有希が拓弥に置いていかれないように頑張れば、拓弥も有希に負けないよう努力すると思う。

二人で一緒にいることで、お互いを高め合えるような関係を望みたい。

「俺もできるだけ有希に協力するよ。事務所も俺と同じ意見だと思う。一度、社長に時間を貰って、これからの戦略を一緒に立てないといけないね。そうなると、有希、今より忙しくなるけどいい？」

「いいに決まっているよ！　ありがとう、竹内さん」

「あと、キラッシュの他のメンバーとも、これから先の話、一度するか。みんな、それぞれ自分の道を確立しつつあるしね。確認し合って、さらにキラッシュ自体もワンランク、アップさせようか」

有希は更に気持ちが高揚した。キラッシュも自分にとって、とても大切なホームだ。まだまだ上にいける余地があると言ってくれる竹内に感謝をした。

「そうだね、隼人はあのキャラで、今のバラエティ番組のほとんどに顔を出しているし、靖隆もアイドルらしくないインテリ派って言われて、ファンの年齢層、たぶん俺たちの中で一番広い。まだまだ三人でもやれること一杯ありそうで、わくわくするし、キラッシュの一員でよかったたっていつも思ってる」

「キラッシュのメンバーに選ばれて嫌だと泣いていた、デビュー前の有希に聞かせてやりたい台詞だね」

「……竹内さん、それはもう忘れてよ」

「いや、あのときの有希は壮絶に可愛かったから、忘れられないな」

竹内にそう揶揄《からか》われながら、有希は着替えを終え、帰途へとついたのだった。

ロケバスで都内のテレビ局まで戻ってくると、受付で拓弥が有希を待っていることを教えられた。

竹内と顔を見合わせていると、すぐにエントランスの奥から拓弥が姿を現した。

「拓弥、お前、どうしてここにいるんだ？」

「お前を迎えに来たんだろうが」

「俺を迎えにって……アメリカから帰って来たばかりだろう？」

有希が驚いていると、傍らに立っていた竹内も口を開いた。

「えーっと、拓弥、確か村瀬《むらせ》が空港まで迎えに行ったはずだけど……」

「ああ、村瀬さんにはちゃんとマンションまで送ってもらったよ。でも、一人でいても何もやることがなかったし、久々に車の運転もしたかったから、来ちゃった」

来ちゃった……って、どこの女子だ、と突っ込みたくなる。

「じゃあ、拓弥、ここまで車で来たのかい？」

「ああ、今地下の駐車場に停《と》めてある」

拓弥の返事を聞くと、竹内はすぐにスマホを取り出して、電話をし始めた。

「あ、お疲れ様です。今、大和テレビにいるんですが、拓弥が車でここに来ているので……はい……はい。いいですか？　じゃあ、お願いします。ええ、拓弥は有希と一緒に送っていきます……ええ、はい。では、宜しくお願いします。失礼します」

竹内は手短に電話を済ませて、拓弥に向き直り、手のひらを差し出した。

「はい、拓弥。車のキー、没収ね」

「ええっ⁉　何で！」

「アメリカから帰国したばかりで疲れているのに、運転なんてさせられないよ。事故でも起こしたらどうするんだ。それに有希を迎えに来たってことは、有希も車に乗せようとしてるんだろう？　うちは一度に二人の売れっ子を事故で失うわけにはいかないからね。断固、運転をさせるわけにはいかないよ。車は事務所のスタッフが回収しに来てくれるらしいから、拓弥も俺の車で有希と一緒に帰るんだ」

「何だよ、有希をついでにドライブに連れてってやろうと思ったのに……」

ドライブに――？

拓弥の言葉に、有希は顔を上げた。

う、嬉しいかも――。

ただ単純に嬉しかった。拓弥が有希のために何かしようとしてくれていたことが嬉しくて、胸が擽ったくなる。だがそんな有希の気持ちも関係なく、竹内はばっさりと切り捨てた。

「尚更《なおさら》、駄目だ。ドライブは二人が休みの日に行ってくれ」

「ええ～、有希とはなかなか休み合わないだろ」

「いつかは合うさ。有希と一緒にドライブできるのを楽しみにして、仕事に励め、拓弥」

「ちぇ、竹内さんに見つからないように有希にだけ声を掛ければよかった」

「拓弥……」

思わず有希はプッと噴き出した。外見は大人びてしまったけど、まだ子供っぽいところが残っていることに安心する。自分の知っている拓弥が確かにここにいると思えた。

有希が笑ったのが気に入らないのか、拓弥が不満げに見つめてきた。

「何だよ、有希」

「あ、いや。竹内さんの言うことは尤もだって思って。ほら、拓弥にお土産買ってきたから、これで機嫌直せ」

「え？」

拓弥の顔が驚きの表情を作る。有希が土産など買う訳がないとでも思っているのだろうか。それはそれで失礼な話だ。

「うさぎのマグカップ。ロケ先で見つけて、なんか購買欲そそられた。黒いうさぎのほうは俺用で、白いうさぎのほうがお前のな」

紙袋を差し出すと、拓弥がそれを受け取り、中を覗き込んだ。

「……うさぎ」

気に入らないのか、一言呟いたきり何も言わない。

「お前が使わないなら、隼人用にするからいいさ」

「はあ？　俺のだろ、これ。なんで隼人用になるんだ。ったく、有希はデリカシーのないやつだな」

「デリカシーなんて言葉、お前には言われたくないぞ」

「はいはい、二人とも、こんなテレビ局のエントランスで漫才をしない。さっさと帰るよ」

竹内が有希と拓弥の間に割って入って来た。

「それから有希、今夜は白木さんとご飯だったよな？　粗相のないようにしろよ。あと、明日の仕事はお昼からだけど、お酒はあまり飲まないように。顔がむくんでいたりしたら、最悪だからね。王子様はむくみとは無縁なんだから」

「わかってるよ、早めに帰るようにす……え？　なに？　拓弥」

いきなり拓弥に腕を取られ、有希は彼を見上げた。

「有希、お前、白木と二人っきりで会うのかよ」

「前から約束してたし。昨日、ちょっと助けてもらったことがあって、急に決まったんだ。拓弥も行くか？」

そう尋ねるも、拓弥の顔が大きく歪み、凄みを帯びるだけだ。

「ほら、二人とも行くよ」

竹内が状況を察知してか、無理やり拓弥を駐車場へと引っ張る。有希も慌ててその後についてテレビ局を出たのだった。

＊＊＊

そしてマンションについて小一時間。まだ有希《ゆき》も出掛けるには早く、リビングでグダグダしていた。

一向に機嫌が直らない拓弥《たくや》をちらりと見遣《みや》るも、無言で台本を読んでいるだけで、有希が気にしていることがわかっているはずなのに、こちらを見ようともしない。

もしかして、拓弥、俺と一緒に夕飯を食べるつもりだったのかな……。

よく考えれば、わざわざテレビ局まで車で迎えに来てくれたのだ。あのとき、ついでにドライブへ行きたいと言っていたから、もしかしたら有希とどこかで食べようとしていたのかもしれない。

……でも、俺が怒られる理由はないよな。ハウスキーパーの柏木《かしわぎ》さんには、拓弥の夕飯だけ用意してもらえるように言っておいたし。大体、拓弥も俺と一緒にご飯をどこかで食べようとしていたなら、前もって言ってもらわないと、わからないし。食事を用意してくれる柏木さんも困るだろう！

そんなことをつらつらと考えては、ちらりと拓弥を盗み見して……の繰り返しだ。

だが結局は、アメリカからとんぼ返りをして、一緒に夕飯を食べようと思ってくれていた拓弥を、可愛《かわい》いと思ってしまう自分がいる。そしてそんな拓弥を置いて、外食に出掛けようとしている自分が、とてつもなく非情な人間に思えて、何ともバツが悪い気がした。

やっぱりここは、年上の自分が折れて、拓弥の機嫌をとっておくべきなのか……？

有希は覚悟を決めて、拓弥に声を掛けた。

「拓弥、お前も一緒に白木《しらき》さんとご飯食べに行かないか？」

勇気を出して誘ってみた。だが拓弥はなかなか台本から顔を上げなかった。

「拓弥……、俺さ、お前もわかっていると思うけど、鈍いところあるんだ。お前が怒ってる理由、ちゃんと教えてくれ。同居しているのに気まずいのは嫌なんだ」

情けない本音を口にすると、ようやく拓弥が小さく舌打ちをし、ぼそぼそと喋《しゃべ》り出した。

「……有希は俺がアメリカから帰ってくるのを、別に待ってなかったんだろ？」

「え……」

「俺が勝手に、有希が待ってくれてると思って、少しでも早く帰ろうとしただけだ」

「拓弥……」

「有希にも付き合いがあるのはわかってるさ。俺が帰国する日に用事を入れてても仕方ない。でも、その相手がよりによって白木なんて……」

拓弥が白木に対して、ライバルとして見ているのかよくわからないが、あまりいい感情を持っていないことは、先日の彼らのやりとりでもわかっていた。

「あのな、拓弥。俺も人のこと言えないけど、嫌なやつでも、この世界で生き残っていきたかったら、礼儀を欠かない程度には付き合わないといけないぞ。あまり白木さんに失礼な態度をとってたら、損をするのはお前なんだ。俺はお前がそんなどうでもいいことで、損をするのは見たくない」

「――わかってるさ。そんで、有希がそういうところ、とても大人だってこともわかってる。俺がどうしても有希に勝てないところだ」

拓弥は一瞬悔しそうな表情をすると、それを有希に見られたくないのか、すぐに台本へと顔を向けてしまった。

「拓弥……」

もしかして、俺が拓弥にコンプレックスを持っているように、拓弥も俺にコンプレックスを持っている――？

信じられないことだが、何となくそんな気がした。身長だって、体格だって、いつの間にか有希を追い越し、多種多様な仕事を難なくこなす彼が、有希にコンプレックスを持っているとは思いにくい。

でも――。

もしそうなら、まだまだ彼と張り合っていけるという自信にもなる。

こいつには負けたくない。

『高められる相手がいるうちは絶対に伸びるよ』

竹内《たけうち》の言葉が有希の胸に響く。有希にとって拓弥はまさに大切な好敵手だ。その彼が嫌がる相手と食事に行くのなら、やはりきちんと理由を話しておいたほうがいいのかもしれない。

……拓弥との間に無駄なわだかまりは作りたくないからな……。

「――今日、白木さんと夕食を一緒にとる約束をしたのは、昨日だったんだ」

ぽつりと話し出した有希に、拓弥が台本からちらりと視線を向けた。有希は昨日のリミットボンバーの一人、桜井《さくらい》との顚末《てんまつ》を、手短に拓弥に説明した。もちろん桜井個人の名前を出すのは控えたが、白木のお陰で怪我《けが》をせずに済んだこと、そしてそのお礼にと食事に誘われたことを素直に話した。すると最初のうちはソファーの上で有希の話を聞いていた拓弥であったが、最後のほうになると、有希の目の前で仁王立ちしていた。

「有希、なんで嫌がらせを受けたことを俺に黙ってたんだ？」

「実際は怪我をしてないし、別に絡まれるのはいつものことだったし……」

「ああ？　いつものこと？　有希、言え。そいつはリミットボンバーの誰だよ」

なんだか急に拓弥が偉そうな態度で聞き出してきた。その態度にムカッとする。

「はあ？　なんでお前にそこまで言わないといけないんだ？　あとは竹内さんたちに任せてあるからいいんだ」

「ちぇ……」

恨めしげに有希を見てくるが、無視する。

「で、拓弥、夕飯一緒に行くのか？」

そう尋ねると、拓弥はちょっとだけ躊躇《ちゅうちょ》して口を開いた。

「ああ……やめとくわ。ここで台本のチェックしとく」

「あ、そう。じゃあ、俺、あと一時間くらいしたら出るな」

白木とは九時頃に会う予定だが、一応、彼の仕事が終わったらアプリのメッセージで連絡が来ることになっていた。場所は白木が決めてくれるそうで、有希は連絡が来たら出掛けようと思っている。

話は終わったとばかりに、有希が再びソファーでだらだらしようと思うと、まだ拓弥が立って、こちらを見ていることに気付く。

「どうした？」

「お前さ、演技下手《へた》すぎ」

「へ？」

「飛行機の中でお前の過去の出演ドラマ、タブレットにダウンロードして観《み》てきたけど、お前、結構見た目は美人なのに、ドラマの中では演技のせいか全然色気ないんだよな」

昔、よく監督に指摘されたことを、拓弥にも言われてしまった。

「う……痛いところを突くな。っていうか、お前、俺の過去の出演作、観たのかっ！」

「ああ、棒読み台詞《ぜりふ》のヤツから全部観た」

「グァッ！」

変な声が出る。恥ずかしいを通りこして、何かの刑に処された気分だ。

確かに、どれも撮影時には最大限努力して演技したものばかりだが、今、大して演技が上達していない有希が見ても、過去の作品は冷や汗が出るくらいの大根役者ぶりだった。本当にこんな自分を今でも応援してくれているファンに感謝するばかりだ。

それを拓弥に観られるとは……。

拓弥は演技力も評価されている若手俳優だ。有希も何度か彼の作品を観たことがあるが、四年前の作品でさえ自然な演技で、その人物が本当に実在しているような錯覚に陥り、拓弥が拓弥でない気がした。

モデルとして抜擢《ばってき》されて、俳優活動を一時休止した際も、多くの人が残念がった。有希も残念に思ったうちの一人であるのは、悔しいので内緒だ。

「お、俺だって、頑張ってるんだ」

「ま、あまりない色気を有希がテレビで出すのも癪《しゃく》に障るけど、あれは素人《しろうと》レベルだな」

ただでさえ拓弥のほうが身長が高いのに、有希がソファーに座っているため、その身長差が格段と大きくなり、拓弥に遥《はる》か高みから見下ろされている感じがして、またそれが腹立たしい。

「くそ、決めた。俺はお前を追い抜いて凄《すご》い俳優になってやる。今に見ていろ、拓弥」

「はっ、そんな夢みたいなこと言ってるな。ったく、色気くらい俺が教えてやるよ。童貞には童貞なりの色気があるってさ」

彼の双眸《そうぼう》が意地悪げに細められる。

「お前……俺がいろいろ気にしていることを、次から次へとズバズバ言いやがっ……んっ」

いきなり拓弥に唇を奪われた。

……え？　今、そんな流れじゃなかっただろ？

拓弥の突然の行動に、有希が目を白黒させていると、拓弥は一旦離れて、魅惑的な唇にフッといやらしい笑みを浮かべた。

「有希、溜《た》まってるんじゃねぇの？」

「な……溜まってるのはお前だろ」

「うーん……そうかも、な。確かに俺も溜まってる」

と、素直に認めて、股間を有希の腰に擦《こす》りつけてきた。

た、勃《た》ってる……っ！

あまりにも唐突な展開についていけない。今までの会話にこれっぽっちも色気のある話はなかったのに、どうして拓弥が下半身を勃たせているのか、訳がわからない。

「つ、疲れているのか？」

疲れていると余計に勃つと聞いたことがある。アメリカから帰ってきたばかりで、拓弥も疲れているのかもしれない。

「そうだな、疲れているかもしれないが、お前を満足させるくらいの体力はまだ残ってる」

「はあっ!?　えっ……」

どさっとソファーに押し倒される。すぐ間近に端整な顔があった。

「童貞なのに、童貞だとばれたくないんだろ？　そのためにレッスンするんだろ？　それにお前、彼女うんぬんの前に、あの演技の色気のなさからでも、童貞だってばれるのは時間の問題

「な、演技で童貞かどうかなんて、わかる訳ないだろっ！」

少なくとも有希では見分けられない。

「見るやつが見ればわかるさ。大体、スクリーンでグッと俳優に心を持っていかれるときって、その俳優の色気が全開してるときだろ。お前にはそれが足りない。演技力が多少なくても、この色気があれば人の心を動かせる役が演じられるはずだ」

「う……」

確かに有希が拓弥に心を奪われるのは、スクリーンから伝わって来る彼のオーラが凄いからだ。あれが俳優としての色気というものなのかもしれない。しかし——。

「なんか、お前にいいように言い包《くる》められている気がする。それに、拓弥、自分が溜まっているから、身近な俺で済ませようとか思ってないか？」

「はぁ？　お前なぁ。俺が相手に困っているように見えるか？　本当に身近なところで済ませようって思ってるなら、すぐにヤらせてくれるやつのところへ行くって」

「な……お前、すぐにヤ、ヤらせてくれるやつって、ふしだらな……」

「あー、有希には刺激が強い言葉だよな。ま、世の中にはそうやって割り切ってるやつもいるってことで」

だぞ？」

「お前もそういうやつなのかよ……遊びでできるんだ？」

拓弥が男女構わずもてるのは知っている。だけどセックスは遊びでするもんじゃないと思っている有希には、拓弥にもそう思っていて欲しいと、勝手に願っているところがあった。

有希がじっと拓弥を見上げていると、拓弥は有希を組み敷いたまま、観念したように大きく溜息《ためいき》を吐《つ》き、片手で前髪を搔《か》き上げた。

「どうしても好きなやつに手が出せないからって、ずっと童貞でいろって言うのかよ？」

「え……？」

「肉欲をぶつけるだけが愛情じゃないだろ。ぶつけられない愛情だってある」

拓弥の瞳の奥が微《かす》かに揺らいでいるのが見えた。途端、有希の胸がズキンと痛む。拓弥を傷つけてしまったことを敏感に感じ取ったからだ。

「あ、拓弥……ごめん、今のは俺が考えなしで言った。それに俺の考え、勝手にお前に押し付けようとした。ごめん」

「いい、俺もそれから考え方いろいろ変わって、うだうだ悩むのをやめたからな。失うくらいなら、自分の思いに素直になろうって決めた」

「そ、そうか……」

恋愛経験の乏しい有希には拓弥に掛ける言葉が思い浮かばないが、それでも拓弥が気付かないうちに、恋愛でいろいろと悩んでいたのだと知ると、彼が急に大人びたのもわかる気がした。

……そう思うと、俺って仕事に夢中で、あまりその手のことを深く考えてこなかったな。

それが幸せなのか不幸せなのかわからないが、これから役者としても頑張っていこうと思っている有希にとっては、多くのことが経験不足であるのは事実だ。

有希はしばらく拓弥を見つめた。後輩であり、ライバルである男は、有希とはタイプが全然違って、男らしい精悍《せいかん》な顔つきをしている。だが、そんな容貌でも時々昔の拓弥も見え隠れし、有希の庇護《ひご》欲《よく》がそそられる。

……そうだよな。もう、俺が童貞だってこと、拓弥にばれてるしな。俺だってこいつのテクニックを知りたいし……、それに――、こいつに他で誰かを抱いたりされたくない。ここで俺のレッスンも兼ねて、拓弥の熱を鎮めてやれば、こいつが外に出ていって、俺の知らないやつと何かをすることもないよな……?

何となく、知らないところで拓弥が誰かとセックスしているのかと思うと、落ち着かない気分になる。そこに愛情がないのなら、自分が相手になってもいいんじゃないかとか、そんな気持ちにもなってしまう。

拓弥といればいるほど独占欲が湧いてきてしまうのは、昔の名残《なごり》だろうか。

あ――。

喉の奥が渇いたような感覚が広がり、声が一瞬出ないような感じがした。それでも有希は声を振り絞って、何でもない様子で拓弥に話し掛けた。

「……そんなに時間ないけど、抜き合いっこくらいなら大丈夫かも。お互い変な女に引っかかってマスコミに嗅ぎつけられても困るし。俺もお前のテクニック盗んで、童貞偽装しないといけないしな」

決死の覚悟で声を掛けたが、軽い感じで言えただろうか。拓弥に独占欲を勘付かれたりはしなかっただろうか。

有希はもう一度、自分の上に覆いかぶさる拓弥を見上げた。すると彼の双眸が、まるで獲物を仕留める前の猛獣のように細められる。今まさに有希を食わんとしていた。

「た、拓弥……」

怖くなり、思わず彼の名前を呼んでしまう。

「有希、お前の童貞偽装に協力してやるし、演技に色気も付けてやるよ。だから俺の許可なしに、他ではするなよ、いいな?」

「あ、ああ……」

返事をすると同時に、ソファーが二人の重みで大きく沈んだ。

リビングから寝室に場所を移し、ベッドの上に転がされた。

「有希、今日は乳首を舐《な》めさせろ」

「な、なにを言ってるんだ！　ち、乳首なんて、どうして」

破廉恥な言葉に、カッと有希の顔が真っ赤《か》になる。

「は？　どうしてだって？　あのな、お前、童貞なのを隠したいんだろ？　なら、どうやって相手の乳首を可愛がるのか、実地で知っておいたほうがいいに決まっているだろ？」

拓弥が何でもないような顔で告げてくる。こういう対応をされると、過剰に反応した自分が恥ずかしくなってくる。

「あ……そういうことな」

「そ、そういうこと」

拓弥はいきなり有希の無防備な唇にキスをすると、離れる瞬間、上唇をペロッと舐めてきた。

何だかそれだけでもエロい。

「あっ……」

「そんな声を出して、俺を誘うなよ、有希」

拓弥は有希の下唇を甘く嚙《か》みながら、ウエストからスウェットパンツに手を滑り込ませ、勃ち掛けていた有希の下半身にそっと伸ばしてきた。気付いたときには下着の中に手を入れられ、悪戯《いたずら》に先端を親指でぐりぐりと捏《こ》ねられていた。

「あ……やっ……」

「有希、俺にされるの、嫌いじゃないだろ？　ここ、こんなに硬くなってるしな」

拓弥は手早くシャツをスウェットパンツから引き抜くと、それを有希の胸の辺りまで捲《めく》り上げた。

「ほら、有希。シャツを口で咥《くわ》えてろ」

口許《くちもと》までシャツを持ってこられてしまったので、意味もわからず咥える。すると、拓弥が言い足してきた。

「俺の手が塞がってたら、お前の乳首、思う存分に可愛がれないだろ？」

ええっ⁉

「んんっ……」

抗議をしたいが、シャツを咥えているので話すことができない。これでは、まるで自分から乳首を弄《いじ》ってくださいと言わんばかりの状態で、有希は羞恥で更に真っ赤になった。

「ほんと、お前、可愛いな。ぜってぇ、放してやんねぇ」

え――――？

何か執着めいたことを言われた気がしたが、すぐに拓弥が有希の乳首へ舌を絡ませたので、その意味を考えるどころではなくなってしまった。

「んふっ……」

彼の肉厚で淫らな熱を伴った舌が、有希の薄桃色の乳輪に沿って這《は》ってくる。舐められているうちに、次第にぞろりとした妖しい蠢《うごめ》きが躰《からだ》の芯から湧き起こった。

な、なに――？

乳首を執拗に舐められただけなのに、淫靡《いんび》な快楽が腰から駆け上がったかと思うと、ぞくぞくと肌が粟立《あわだ》ち、鼓動が速くなる。

変な声が出て、拓弥に感じていることを知られないように、咥えていたシャツを強く噛み締めた。

拓弥は乳輪をしっかりと舐め尽くすと、今度は乳頭をまるで飴玉《あめだま》でも転がすかのように舌でコロコロと弄ってきた。ざらざらとした舌に、細かな動きで愛撫《あいぶ》されると、乳頭がジンジンと痺《しび》れを訴えてきた。

「ほら、有希、見えるか？　お前の乳首、こんなに尖《とが》ってるぞ？」

そう言って、拓弥が舌先で有希の乳頭の先端を軽く突っついてきた。その様子が凄く淫靡で、正視することができず、有希はすぐに目を逸《そ》らした。

それが気に食わなかったのか、拓弥が乳頭に歯をたて、甘く噛んできた。

「あっ……んんっ……」

シャツから口が外れてしまう。

「シャツを咥えるのも忘れるくらい気持ちがいいのか？　しょうがないな、ほら、有希、シャツ脱げよ」

手早く拓弥によってシャツを剝ぎ取られてしまう。上半身は裸になり、スウェットパンツは既にみっともなく太ももまで脱げ落ちた状態で、有希はベッドに組み伏せられる。

「片方ばかり可愛がったら、もう片方が可哀相《かわいそう》だな」

彼の指先が舐められていない乳首のほうへと伸びる。指の腹でまだふにゃりとなっている乳頭をぐりぐりと押し潰すように触られる。するとすぐに有希の乳頭は芯を持ち、こりこりとした感触が生まれた。

「あっ……何か……それっ……」

有希の息が上がったときだった。ベッドまで持ってきていた有希のスマホの、カメラ付近に付いているフラッシュライトが、突然点滅した。アプリに着信があったようだ。

「あ……もしかして白木さんからの連ら……く……ああっ……」

有希がスマホに手を伸ばそうとすると、拓弥がいきなり有希の乳首をきつく吸った。

「ちょ……拓弥、もう時間切れだ。行かないと……」

有希が拓弥を押しのけてスマホを手にすると、思った通り、白木からの待ち合わせについての連絡だった。すぐに返信をしようとすると、拓弥にスマホを取り上げられる。

「そんな情事の後です、みたいな顔をして外に出るのかよ。お前、莫迦《ばか》か？　襲われるぞ。ったく、俺が返事しといてやる」

「え？」

「そうだな……えーっと、海棠《かいどう》です。有希は急に体調を崩し、今夜は行けません。申し訳ありません……っと。こんな感じでいいな」

「ちょっ！　拓弥っ！」

拓弥からスマホを取り返そうとするも、有希の手が届かないくらいの場所にポンと投げられる。ベッドの上にポスッと落ちる音が無情にも響いた。

「お前、なに、勝手なことをするんだよ、もう……」

有希は上半身を起こし、遠くに置かれたスマホを取ろうとしたが、拓弥に背後から抱きすくめられた。

「有希、行くな」

「た、拓弥？」

いつもと様子の違う拓弥に驚きつつも、有希は動きを止めて、自分をきつく抱き締めて離さない拓弥に振り返った。

「何だよ、拓弥……」

「お前、今、自分がどんな顔してるのか、知ってんのか？　誰をも誘うフェロモン出しまくってるぞ。そんな顔で行ったら、絶対あの男、お前を食う」

「は？　食う？」

思いも寄らない単語に、有希は意味がわからず首を傾《かし》げると、苛立《いらだ》ちを隠せない様子で拓弥が言葉を続けた。

「あいつが、お前のことを狙ってんの、わかんないのかよ？　お前、童貞喪失の前に処女喪失することになってもいいのかよ」

やっと拓弥が言わんとしていることを理解して、有希は驚いて拓弥を振り解《ほど》き、向かい合った。

「ああっ？　そんな訳あるかっ！　白木さんはただの共演者！　それに大体、俺に処女なんて単語、関係ない！　っていうか、お前、そんなマジな顔して言うな。本当の話みたいで余計怖いだろっ」

「本当の話だっつぅの。有希に色気を教えるのは、俺だけでいいんだ。ったく、こうなったら俺が有希の処女、さっさと食っとく。あんなやつに食われて堪《たま》るか」

「はあ？　お前、何言ってんだ？」

「有希がふらふらしてるから危ないんだ。お前も処女を失っておけば、しゃきっとするだろ？」

意味がわからない。いや、わからないほうが正解だ。

「ちょっと待て、話が変な方向に行ってるぞ。拓弥、落ち着け。お前、少し自分がおかしいと思わないのか？」

「変な方向には行っていないし、俺は少しもおかしくはない。もし有希が処女を喪失したら、そのことを誰にも知られたくないだろう？　誰かに抱かれたら処女じゃないことがばれてしまうから、もう簡単に食われないように自分でも注意するはずだ。童貞を今でも完璧に隠しているように、な。だから、ここで今、一旦処女を失っておけ。処女のままだったら、お前のことだ、絶対注意を怠って、誰かに食われるのがオチだ」

「なんで、俺が二重苦を背負うような話になっているんだ？　童貞で処女喪失って、駄目だろ、それ、絶対駄目なやつっ！」

「『抱かれたい芸能人一位』の俺が責任もって、これ以上はないってくらい、大事に抱いてやるよ、有希」

「っ……」

『抱かれたい芸能人一位』。それは有希が持つ称号、『彼氏にしたい芸能人一位』よりも、圧倒的に男性フェロモンを感じさせる称号――。

一体、拓弥と有希の違いはどこにあるのか。確かに容姿もあるだろう。だが、それだけではないことは有希にもわかっていた。やはり拓弥が自然と身に纏《まと》うようなフェロモンオーラが有希には足りないのだ。

くそ、そのフェロモン、どうやって出すんだよっ！

余裕で自分を組み敷く男の顔を睨《にら》み上げる。いつになく上機嫌に見える拓弥に怒りを覚えるが、たぶんベッドの上で余すことなく発揮されるだろう彼の男の色香を、実際に目で見たいという好奇心も湧く。更に――。

「なあ、有希。一度抱かれてみて、その感覚を覚えておけば、いざ女の子と寝るとき、役に立つと思うぞ？」

悪魔が魅惑的な誘惑を仕掛けてくる。

「あ……う……」

確かに癪ではあるが、拓弥のテクニックを真似《まね》することができれば、童貞だとばれずに女の子を満足させることができるかもしれない。

「ま、女の子と寝る機会なんて、作らせねぇけどな」

え――――？

最後の拓弥の言葉に不穏な響きを感じ、有希が聞き返そうとするも、唐突に拓弥が動きを再開した。ぷっくりと腫れ上がった有希の乳首を執拗《しつよう》に苛《いじ》め始めたのだ。

「あっ……拓弥っ……今、今言ったこと――――っ、どういう……あっ……」

「あ？　何か言ったか？」

本当に聞こえないのか、拓弥がそんなことを言いながら、舌を這わせていないほうの乳首を軽く抓《つま》んだ。

途端、そこから微熱が生まれ、すぐにジンとした深い熱が広がり、有希の劣情を煽《あお》る。そして有希を快感の淵《ふち》へゆっくりと、しかし確実に追い詰めた。

「あっ……たく……やっ……」

「いいか？」

耳朶《じだ》を噛むように囁《ささや》かれ、有希の下半身に熱が集中した。拓弥の有希の乳首を弄っていた指が、するりと脇をすり抜け、腰へと滑り落ちていく。そしてその指はそのまま双丘へと滑り込み、有希の秘孔へと触れた。

先日も触れられた場所だ。

「あ……そこは、駄目……っ」

「すぐに気持ちよくしてやるから、我慢しろ」

「そういうことじゃなくて……ああっ……」

彼の吐息が乳首にかかるだけで、蕩《とろ》けそうなほどの淫らな疼《うず》きが、有希の中から溢《あふ》れ出す。

内腿《うちもも》に布越しの拓弥の欲望が当たる。既にかなりの質量を持ったそれは、獰猛《どうもう》に熱を訴えてくる。

「拓弥……こ、れ……すご……いっ……あっ……」

有希は自分の内腿に当たる拓弥に手を伸ばした。

「触るな、有希。今、お前に触られたら、達《い》っちまうから」

有希の拓弥の股間に伸ばし掛けていた手を、拓弥が摑《つか》み上げる。

「え……？」

有希が拓弥の顔に視線を戻すと、彼が有希の指を持ち上げ、その指先にそっとキスをするところだった。

ああっ――――！

彼が唇を寄せた途端、快感のあまり、全身に鳥肌が立った。快楽の焔《ほのお》が勢いよく有希の躰に燃え広がる。躰が熱で溶けてしまいそうだ。

後ろを弄《まさぐ》っていた拓弥のもう一方の手が、いつの間にか有希の劣情を激しく擦っていた。

「あっ……激しいっ……たく……や、ああっ……出……出るっ……やめっ……あっ……」

「有希、このまま達けよ、俺に達くときの顔を見せろよ」

「そ、そんな――」

際どいことを言われ、背筋が甘いさざ波にぞくぞくと震える。刹那、有希は絶頂を迎えそうになった。

「はああっ……」

意識が朦朧《もうろう》とする。それと同時に、胸いっぱいに充足感が膨らんだ。

拓弥を求めて、それを手に入れる幸せ。こんな淫らな行為なのに、何故《なぜ》かほっこりとした気持ちが有希の心を占める。

拓弥――。

何だろう、この気持ち……。

「あぅ……」

深く考えようとしても、すぐに考えられなくなってしまった。拓弥が有希の下半身を扱《しご》きつつ、その乳首をきつく吸ってきたのだ。

「あっ……だ……め……っ」

瞬間、荒々しい愉悦の海に投げ出される。

「はあっ……あああっ……」

勢いよく白濁とした熱を自分の下腹部だけではなく、拓弥のシャツにもばら撒《ま》いていた。

「あ……ごめ……シャツ、汚し……」

苦しくて途切れ途切れに言葉を紡ぐが、最後まで言い終わらないうちに拓弥にきつく抱き締められる。

「お前、ぜってぇ、こんなこと、他の男とすんなよ」

「あ……」

男とするわけないだろ！　と大声で返したかったが、祈るように切なく訴えられ、声を失う。

拓弥は有希の答えを待たず、汚れたシャツを乱暴に脱ぎ捨てた。モデルらしく計算された綺《き》麗《れい》な筋肉で覆われている彼の肢体に、目を奪われる。

「たく……あぅ……」

拓弥は背を丸めると、有希の太腿の付け根に唇を当て、軽く歯を立てた。この間も痕を付けられた場所だ。

「んっ……」

歯を立てられ痛いはずなのに、腹の底から突き上げるように快感が溢れ出す。拓弥は更にきわどい場所へと唇を移した。

淡い茂みに顔を寄せられ、柔らかく敏感な場所を軽く唇で吸われる。有希はどうしようもない羞恥心に襲われ、つい腰を引いて拓弥から逃げた。だが、すぐに腰を引き寄せられ、膝裏を持ち上げられる。そのまま拓弥の肩に担ぎ上げられ、両足を広げるような恰好《かっこう》をさせられた。

「なっ……」

達ったばかりの生々しい男根が拓弥の目の前に晒《さら》される。慌てて両手で前を隠した。

「今更だろ？　有希」

薄い唇に不敵な笑みを乗せながら拓弥が双眸を細める。その様子を目にして、有希の全身がブワッと鳥肌を立てた。有希の躰のすべての器官がざわざわと蠢き、騒ぎ出す。

「あっ……」

拓弥の視線に過剰反応し、萎えていた有希の欲望がまたふるふると小刻みに震え、頭を擡《もた》げ始める。

「俺に見られただけで感じているのか？　ほら、有希、手ぇどけろよ。可愛がってやれないだろ？　ん？」

聞いたこともないような甘い声で囁かれる。こんな声を出すなんて反則だ。

有希は下半身を隠していた手を震えながらゆっくりと外した。途端、噛みつくように拓弥が有希の下半身を咥える。

「ああっ……んっ……」

「はっ、お前、童貞で処女なのに、俺を焦《じ》らす天才だな。ったく、そんなに色っぽく誘われたら我慢できっか」

一瞬、口から有希のものを放したが、すぐにまた咥え直す。さらに咥えながら枕の下から何かのチューブを取り出した。

え、なに？

そう思ったのも束の間。拓弥は器用に片手でキャップを開けると、中身を指に絞り出した。

ラブクリームとかそういう類《たぐい》のものであることは、未経験の有希にでもすぐにわかった。

「た、拓弥っ、そんなもん、いつ……枕の下に隠した……んだ……あっ……」

抗議せずにはいられない。そんなものをそこに隠していたということは、この男は最初から有希の後ろを狙っていたということになる。

あんなに機嫌が悪かったのに、裏でこんなことを考えていたのか――！

拓弥は亀頭をしゃぶるのをやめると、次は竿《さお》を舌で舐め上げながら答えてきた。

「あ？　今日、アメリカから帰ってきて、ここに寄ったとき」

まったく悪びれることなく言う。そしてその舌を有希の情欲の付け根まで這わすと、蟻《あり》の門《と》渡《わた》りを舌先だけで擽《くすぐ》るように優しく愛撫し、小さな窪《くぼ》みに行き着く。

いきなりピチャリという湿った音と共に、濡《ぬ》れた感触がそこから生まれた。蕾《つぼみ》をノックするように舌で突《つつ》かれ、有希の拓弥の肩に担がれた足の爪先が、反動で天井に向けてピンと伸びる。

「ああっ……」

慎《つつ》ましく閉じられた蕾をこじ開けて、拓弥の舌がその奥へと侵入してくる。襞《ひだ》を捲るように舐め上げられた。

「ふうっ……ああっ……」

初めての感覚に正気が保てない。ぞくぞくとした痺れが尾てい骨を刺激し、背筋を伝って脳天へと突き抜けていく。意識が大きな波に攫《さら》われ、与えられる愛撫に翻弄されるばかりだ。

拓弥はひとしきり蕾をしゃぶると、ようやく顔を有希の臀部《でんぶ》から離した。

「指、挿《い》れるぞ」

「そんなの入るわけな……いっ……あっ……」

ヌプッとした変な感覚が有希を襲う。気持ちが悪くて、有希は彼の指を締め出そうと、下半身にぎゅうっと力を入れたが、それがかえって彼の指を強く締め付けてしまうことになる。

「つっ……、凄い締め付けだな」

くるりと指で掻き混ぜられ、有希は嬌声《きょうせい》を上げそうになるのを堪《こら》えた。拓弥の指は益々遠慮なく有希の理性を凌駕《りょうが》する。激しく左右に動かされたり、いつの間にか本数も増やされているようだった。

「や……拓弥……怖いっ……あっ……」

「大丈夫だ、有希。怖くない」

「そんなとこ……絶対入らないっ……ンっ……絶対切れるっ……」

「絶対傷つけねぇよ。俺がどんだけお前を見守ってきたか知ってるか？　十二年だぞ？　そんなに大事にしてきたもん、簡単に傷つけるわけねぇだろ？」

あ……。

何となく、拓弥から愛の告白をされているような気がしてきた。

十二年――。

そうだ、有希が拓弥に出会ってから、もう十二年も経《た》っている。たまたま事務所の社長の次男、拓弥が稽古場へ見学に来て、そこでレッスンしていた有希に憧れて、自分もオーディションを受けたと聞いている。

『俺ね、有希君が一番かっこいいと思う』

有希がアイドルを諦めようとしていたときに、拓弥がくれた言葉の贈り物だ。

『だから、俺が何度も言うって決めたんだ。有希君はかっこいいって。そうしたら、有希君も少しは自分がかっこいいって信じてくれるだろ？』

その言葉に当時、どんなに救われたか――――。

「たく……や……」

よくわからないが、拓弥に対しては普通とは違う感情が存在している。キラッシュのメンバーとはまた違った特別な感情――――刹那、胸に愛《いと》しさが込み上げてきた。

堪らず有希は拓弥の首にしがみ付いた。

「有希？」

戸惑いの声が有希の鼓膜を震わす。それでも有希は無言で拓弥にしがみ付いたままでいた。

「挿れるぞ」

深く甘い声が躰の芯まで沁《し》みてくる。熱に浮かされた躰を引き寄せられ、今よりも更に高く持ち上げられた。熱く滾《たぎ》った熱情がひくつく窪みに押し当てられる。

「あ……」

思わず先を促すような声が出てしまった。拓弥が有希を気遣っているのか、ゆっくりと入ってくる。一瞬、引き攣《つ》ったみたいな痛みを感じたが、それは次第に消え、淫靡な疼痛《とうつう》に身も心も支配される。

「うっ……」

徐々に入り込んでくる灼熱《しゃくねつ》の楔《くさび》に、隘路《あいろ》を隙間なくぴっちりと埋められる。彼の劣情と重なりあった場所から、全身が痺れるほどの熱が生まれ、躰の芯から蕩けてしまいそうになる。

怖いほどの愉悦に、有希は自分の中にある拓弥をきつく締め付けてしまった。

「っ……」

拓弥が小さく唸《うな》る。

「なかなか積極的だよな、有希」

「ち、違う、これは……あっ……」

拓弥が仕返しとばかりに意地悪く腰を揺すり始めた。

「やっとお前を抱けた――」

そんなことを言われると、まるで拓弥が恋人のように思ってくれている気がしてならない。本当はただのマウンティングなのかもしれないのに。

「ああっ……」

有希が一際大きく声を上げたときだった。ベッドの片隅に放り投げてあった有希のスマホが震え、画面にくっきりと白木の名前を映し出した。

「し、白木さんから……電話が……」

「無視しとけ」

拓弥はしれっと言うと、行為を再開する。

「なっ……、きっとさっきお前が返信したメッセージを見て、心配してかけてきてくれたんじゃ……あっ……ちょ、動くな……っ……」

腰を進める拓弥の胸を両手で押し返す。そうしている間もスマホはずっと震え続けていた。

とうとう拓弥も小さく舌打ちをする。

「ったく、白木もしつこいな」

「俺が……出れば済むことだろ……っ……」

有希は拓弥と繋《つな》がったまま、手を伸ばしスマホを取った。さきほどは届かなかったが、今度はどうにか届いた。

「はい、笹島《ささしま》です。すみません、電話を取るのが遅くなって……」

視界の片隅で拓弥が眉を嫌そうに歪《ゆが》ませるのが見える。

「ええ……ちょっと風邪《かぜ》でも引いたみたいで……」

拓弥が、体調が悪いなどと返信したので、そういうことにしておかねばならない。

「え？　声が掠《かす》れてますか？　そうですね、マスクをしたほうがいいですね」

白木から声が掠れていると指摘され、ひやりとしながらも、どうにか平静を保ちながら通話を続けた。しかし――。

「え……」

ズクンと有希の腰を大きく穿《うが》つものがあった。拓弥だ。

「な……あっ……く……」

嬌声が漏れそうになって、慌てて有希は両手で口を塞いだ。お陰でスマホがシーツの上にポトリと落ちる。

『有希君？　有希君？　どうしたんだい？』

スマホから白木の心配そうな声が聞こえた。それを拓弥が拾い上げる。

「あ、海棠です。お疲れ様です。有希ですが、やっぱり体調がよくないみたいで、今日はこれでもう休むそうです。え？　宣戦布告ですか？　どうぞ、受けて立ちますよ。では、そういう訳なので、失礼します」

半ば強引に拓弥が通話を切り、さらにスマホの電源も落としてしまった。

「拓弥、勝手に切るなよ！」

「続きするぞ」

「え？　ちょっ……ああっ……ふっ……」

容赦なく奥深くまで穿たれる。拓弥はそのまま己の欲望を入口まで引き抜くと、一気に有希の奥へと貫いた。

「ああぁっ……」

まだこんなに奥があったのかと未知なる自分の躰に驚く。その最奥まで彼の猛々《たけだけ》しい楔が侵入し、有希の熟れた肉壁を擦り上げ、隘路を掻き混ぜる。

「はぁあ……っ」

ズクンと下腹部に再び重い熱が集まる。

「あっ……あああっ……」

拓弥の抽挿が一層激しくなった。

「はあっ……くっ……んあっ……」

恐ろしい程の快楽が有希を襲ってきた。本来何かを挿れる場所ではないところに、こんな快感が眠っているとは知らなかった。

拓弥を受け入れる恐怖さえも和らぐほどの喜悦が、有希の神経を支配する。

「あっ……ああっ……あああっ……」

与えられる快感に耐えようと、きつく瞳を閉じれば、じわりと目尻から涙が零《こぼ》れ落ちた。

逃げられないよう腰を摑まれ、最奥まで彼の太い楔で穿たれる。そのたびに有希は無意識に何度も何度も彼を締め付け、その熱を貪欲に奪った。

性欲だけでなく、それ以上のものを満たされる幸福感が、彼に穿たれるごとに有希の胸に溢れる。

「有希……くっ……」

拓弥の色香の混ざった声を耳にし、今だけでも、この熱が、彼の情欲のすべてが、自分のものであると思えることを、とてつもなく幸せだと感じた。

愛している――？

ふとそんな感情が有希の胸に湧いた。

もう十二年も経っているのに、今更？

男同士ということには偏見はない。業界には男同士のカップルも大勢いるし、キラッシュのメンバーの隼人《はやと》と靖隆《やすたか》も恋人同士だ。ただ有希自身は今まで男性を愛したことはないし、漠然といつかは女性と結婚するのだろうと思っていた。

それなのに、知り合って十二年も経っているのに、今更拓弥に愛情を抱く自分が信じられない。何かの間違いだと思いたい。

だが、肌を合わせて得られるこの充足感は、恋人同士のそれに近い。本能でわかる。

まさか――。

俺、拓弥のことを、愛してる――？

刹那、胸を締め付けられるような感情が押し寄せ、喉の奥がひゅっと鳴った。

青天の霹靂《へきれき》とはまさにこのことだ。予想外の感情に動揺するも、次々と猛襲する悦楽の嵐に

揉《も》まれ、まともに思考が纏まらない。

「はっ……有希――」

拓弥の熱い吐息交じりの声に意識を引き戻される。全身を電流が駆け抜けたかと思われるほど、強い痺れに翻弄された。

「あ、あ、あ、あ……」

喘《あえ》ぐ声が単調なリズムを刻み出す。ベッドの軋《きし》む音も、下肢から聞こえる粘膜が擦れ合う音も淫らで、有希の羞恥を更に煽る。

「有希――」

首筋に彼の温かく湿った息がかかった。それにさえも感じてしまう。

「んっ……はあっ……」

有希は己に埋められた灼熱の楔を思い切り締め付け、自分の中で出口を求めてうねり狂っていた情欲を再び噴き出した。

お互いの剝《む》き出しになっていた腹部に熱い飛沫《ひまつ》が飛び散る。

「くっ……」

男の艶めいた吐息が頭上から零れた。程なくして、躰の最奥に彼の熱弾が撃ち込まれる。淫壁を勢いよく弾《はじ》く熱に、有希は快楽に呑《の》み込まれながら、拓弥の背中にしがみ付いた。

ふと目が覚める。寝室はカーテンが引かれて薄暗いが、カーテンから漏れる陽《ひ》はかなり明るかった。

朝か――。

有希がごろりと寝返ると、躰の変なところから疼痛が生まれる。

あ……。

それで昨夜《ゆうべ》、拓弥と一線を越えてしまったことを思い出した。

うわぁ……っ。

ついでに自分が一糸纏わぬ姿であることにも気付く。裸で布団に包まって寝ていたようだ。躰が綺麗に清められているところを見ると、有希が意識を失った後、拓弥が後始末をしてくれたのだろう。

一気に躰が恥ずかしさで熱を帯びる。ちらりといつも拓弥が寝ているほうを見遣ったが、既に起きているようで、その姿はなかった。

とりあえず、彼の胸の中で目を覚ますような恥ずかしい事態ではなかったことに安堵《あんど》する。

どうする？　このまま何でもない顔をして、リビングに行くべきか？

ベッドで悶々《もんもん》と悩む。

俺、拓弥のことが好きなんだよな……。じゃあ、拓弥は俺のこと、どう思ってんだ？

嫌われていない気はする。あくまでも『気』だが……。

普段は嫌みをたくさん言われているが、昨夜は本当に優しかったし、有希に執着も見せてくれた。それに十二年間、ずっと見守っていたようなことも言ってくれた。だが一方では、あの拓弥がそんなことを言うだろうか、という懸念も捨てきれない。もしかしたら意識が朦朧としていたのもあって、夢でも見ていたのかもしれない。

どうしよう――。俺、どんな顔をすればいいんだ？

三十分くらい布団に潜って唸っていたが、いい加減、腹を括《くく》ってリビングに行かなければ逆に怪しまれる。

くそっ、当たって砕けろだ。もう拓弥の様子を見て対処するしかないよな！

有希はゆっくりとベッドから起き上がった。躰のあちこちが軋むような感じがする。激痛というほどではないので、拓弥が丁寧に抱いてくれたことは、自分の躰の状態からもわかった。

恥ずかしい……。

居たたまれず、両手で顔を隠し、羞恥に耐える。こんなことではいつまで経ってもリビングに行けない。

とにかく服を着よう……わっ！

昨夜からシーツの上に置いたままだったスマホに手が当たって、床へ落としてしまった。大きな音がする。

わぁっ！

こんな大きな音を立てたら、絶対拓弥に聞こえてしまう。それはイコール、有希が目を覚ましたことを教えてしまうことになる。案の定、すぐにドアの向こうから声がした。

「有希、起きたのか？」

「あ、ああ、起きた。え、えっと、今、着替えるから」

「俺、もうすぐ仕事で家、出るな。朝食、温めておいてやるから、早く来いよ」

「ああ、ありがとう」

……って、普通じゃん。いつもと変わらないじゃん。

あまりにも普通のやりとりに、有希の全身から力が抜けた。床に座り込みそうになるのを堪えて、急いで部屋着に着替え、寝室を出た。

ドアを開けるとリビングからコーヒーのいい香りと共に、有希用の甘いココアの香りも漂ってくる。拓弥が毎朝、有希のために作ってくれるホットココアだ。

リビングに行くと、キッチン近くのテーブルの上に有希の朝食が並べられていた。拓弥はいつも通りテレビの前のソファーに座り、コーヒーを飲みながら、タブレットで新聞を読んでいる。まったくいつもと変わらない光景だった。

すぐにエントランスのインターフォンが鳴る。

「あ、村瀬《むらせ》さんが来たみたいだな」

拓弥が立ち上がる。

「拓弥、今日は何時に帰ってくるんだ？」

「うーん……。ＣＭ撮影だから、夜はそんなに遅くならないと思う。お前は？」

「昼過ぎからラジオ番組のゲストの仕事で、その後、ダンスの稽古があるから……そうだな、テッペンは過ぎないと思う」

テッペンとは夜中の十二時を指す業界語だ。

「了解、じゃ、行ってくるわ」

拓弥は飲み掛けのコーヒーをキッチンの流しに置いた。だが。

「あっ！　拓弥、そのマグカップ！」

「あ？　なんだ、お前がくれた土産《みやげ》だろうが。使っていいんだろ？」

「そうじゃなくて、なんで、お前が黒うさぎのほうを使ってんだ。お前のは白うさぎのやつって言ったじゃないか。あ、まさか、俺のココア、白うさぎのマグカップじゃ……」

慌ててしっかりテーブルの上を見ると、可愛らしい白うさぎが描かれたマグカップにココアが淹《い》れられて置いてある。

「やられた……」

「お前のほうが白うさぎのイメージだろうが。こんなごっつい俺が白うさぎなんて、白うさぎに悪いだろ？　ってことで黒うさぎ、貰《もら》ったからな、ありがとうな」

「う……」

普段、礼など言いそうもない拓弥から、ありがとうなどと言われては、それ以上文句を口にするのが憚《はばか》られた。結局は拓弥が喜んでくれるほうが嬉《うれ》しいのだ。

「ったく……。俺のほうが大人だから、譲ってやる」

「はいはい」

拓弥がいい加減な返事をしていると、今度は部屋のドアのインターフォンが鳴った。

「おっと、村瀬さん、もうここまで来た。じゃ、行ってくる」

拓弥がリビングの隅に置いてあった鞄《かばん》を抱え、玄関に急ぎ足で向かう。その背中に、有希はいつも通り声を掛けた。

「ああ、気を付けて。行ってらっしゃい」

いつの間にか交わされるようになった『行ってらっしゃい』や『ただいま』の言葉に、擽ったい気持ちになるが、嫌じゃなかった。どちらかというと、一緒に暮らす温かさを感じる優しいやりとりが嬉しくもある。

そんなことをしみじみ思いながら、有希は朝食をとるべく、テーブルへと着いた。

うさぎのマグカップに助けられたけど、ひとまず難関突破、かな……。

有希は安堵の溜息を吐いて、ココアに口をつけたのだった。

◆　4　◆

「おっはよっ！　ゆっきぃ！」

元気よく楽屋に入って来たのは、メンバー一の盛り上げ役、隼人だ。

今日はバラエティ番組の収録で、『キラッシュ』としての仕事だった。隼人の後ろからは靖隆が苦笑しながら『おはよう、有希』と言って入って来た。

「有希、この間の歌番組、リミットボンバーの桜井に絡まれたんだって？」

どうやら竹内か誰かから聞いたようだ。有希としては拓弥とのこともあって、すっかり頭から抜け落ちていた事件だった。

拓弥とは一線を越えてしまったが、あれから別段、二人の間に何ら変化はない。

でも拓弥と気まずくなったとか、逆に甘い関係になったとか、そういうのはまったくなかった。寧《むし》ろ、あれは夢だったんじゃないかと思えてくるほど自然に同居を続けていた。

本当に怖いほど自然すぎて、有希にとっては却《かえ》ってそのほうが気になり、ここのところ拓弥のことばかり考えて、桜井のことはまったく頭から消え去っていた。

「有希、ごめんな。あのとき、俺たちに気を遣って外へ出たんだよな……」

隼人が本当に申し訳なさそうに謝ってくる。

「気にすんなよ。俺がリミットボンバーのリハのこと、ころっと忘れて、スタジオに行っちゃったのも悪かったし。かえってみんなに心配掛けちゃったな」

「いや、靖隆とも話し合ったんだけど、俺たち、有希と会える時間もなかなかないし、せめて仕事のときは有希と一緒にいたいって思ったんだ。だから、今度から俺たちも控えるから、一緒にいよ」

「でも、隼人、いつでも靖隆といちゃいちゃしたいだろ?」

なにしろ二人は時間さえあれば、どこでもいちゃつくほどのラブラブぶりなのだ。有希のせいで我慢させるのも、あまり本意じゃない。

「うーん、確かに靖隆といちゃいちゃしたいけど、俺たち一緒に住んでいるわけだし、仕事のときくらい、有希といちゃいちゃしたほうがいいかなって……。俺、有希のこと靖隆とは違う意味で大好きだし、大切な仲間だと思ってるからさ、こんなことで危険な目に遭って欲しくない。有希が危険な目に遭うくらいなら、俺たちが仕事場でいちゃいちゃできないほうが、百倍マシ」

「危険って……ちょっとした嫌みを言われるくらいだよ?」

「それでも俺は超ムカつくの。あの桜井って男に」

隼人がいつになく真剣な目を向けてくる。茶化して言ってはいるが、本気で有希の心配をしてくれていることが伝わってきた。

「ありがとう、隼人」

「有希、気を遣わず、俺たちと一緒にいてくれよ。昔から有希は変なとこ、気を遣うからさ。それに有希が嫌じゃなかったら、俺たちとさんぴぃ……うっ……」

いきなり隼人が後ろから靖隆に口を塞がれる。

「悪いな、有希。こいつ、莫迦だから、冗談で言っていいことと悪いことの区別がつかないんだ」

「わかってるよ、靖隆。まあ、要するに隼人は大好きな靖隆に触らせてあげてもいいくらい、俺のこと大切にしてるって、言いたかったんだろ？」

口を塞がれたままの隼人が、有希の言葉に大きく頷《うなず》く。彼が本気で三人で睦《むつ》み合おうなどと言っていないことくらい簡単にわかる。

「まあ、俺も有希だったら、少しくらいなら隼人を触らせてやってもいいか……な。う〜ん、まあ、ギリギリ許すかな……」

靖隆がそんなことを真面目な顔で言い出したので、有希は思わず噴き出した。

「もう、お前たち、どんだけ俺のことが好きなんだよ」

「これくらい大好き！」

隼人が有希をぎゅうっときつく抱き締めてくる。すると靖隆もついでとばかりに、その上から覆い被《かぶ》さってきた。

「俺も仲間に入れろよ。三人で一つだろうが」

三人でぎゅうぎゅうと抱き合う。傍《はた》から見たら、何をやっているんだと思われるかもしれないが、有希はこんなキラッシュの一員であることを、とても幸せに思った。

「で、さあ……」

ふと有希を抱き締めていた隼人が大きな瞳で見つめてくる。

「何？」

「有希って、もう拓弥と付き合ってるの？」

「え……」

いきなり話が変わり、思わず躰が固まってしまった。するとその反応から一早く察知した隼人が目を大きく見開いて、更に顔を寄せ有希を覗《のぞ》き込んできた。

「わ、付き合ってるんだ！」

「ち、違うよ。なんでいきなりそういう話になるんだ」

そういえば、前の歌番組の収録のときも、隼人が拓弥との仲をいろいろと詮索していたことを思い出した。あのときも拓弥が報われてるだの報われてないだの、そんなことを言っていた気がする。

有希がじっと隼人を見つめていると、隼人がはぁ……と大きな溜息を吐いた。

「なんだかなぁ。拓弥にもちょっと苛々するけど……。ここまであいつが不器用とは知らなかった。靖隆、少し教えてあげてもいいかもよ?」

「教える?」

有希は隼人の意味深な言葉が気になり、靖隆のほうへと視線を遣った。

「うーん。あまり言うと、あいつとの約束違反になるからなぁ……」

靖隆は困ったように頭を掻いた。有希の目が更に厳しく眇《すが》められる。

「約束違反? おい、拓弥と何か企《たくら》んでいるのか?」

企画物のどっきり系は困る。だがそれは、素が出てしまうと有希の王子様キャラが総崩れになってしまうので、事務所的にもNGが出ているはずだ。

「あのさ、有希。拓弥がどうして海外に行ったか知ってる?」

隼人が遠慮がちに尋ねてきた。自然と有希の眉間に皺《しわ》が寄る。何故なら――。

「……知らない。あいつ、俺に何もかも内緒で、いきなり海外に行っちまったから」

聞かされたのは出国前日の夜遅くで、しかも拓弥からではなく、マネージャーの竹内から教えてもらった。それで慌てて翌日、文句を言いがてら成田《なりた》空港へ行ったことは、今でもしっかりと記憶に残っている。

今思えば、あんなに拓弥のことを何も知らなかったのは、意図的に周囲が有希に拓弥のことを隠していたからだとわかるが、当時はそんなことにも気付けなかった。気付いたのは、それからしばらく経ってからだ。

「俺、もしかしてあの頃、拓弥に嫌われていたのかな……」

それはそれで少し悲しい。有希としては他の後輩より特別に扱っていたつもりだったのに、嫌われていたと思うと切ない。

「有希、あのとき、随分と落ち込んでいたもんな……」

靖隆が思い出すように言う。

「あのさ、有希。あいつが海外の大手モデルエージェンシーに声を掛けられて日本を離れ、世界中のコレクションのランウェイを歩けるトップモデルの道を選んだのは、有希に認めて貰いたかったからなんだぞ?」

「え?」

初耳だ。そんな話、一度も聞いたことがない。

俺に、認めて貰いたい――――?

その言葉がじわりじわりと有希の胸に沁み込む。戸惑いと同時に、拓弥に嫌われていたわけじゃないことに、驚きと嬉しさを覚えた。

「あいつさ、海外へ行くのを決めた時に、俺に言ったんだよ。今のままじゃ、有希に後輩としか認識されないから、有希が惚《ほ》れ惚れするような男になって戻ってくるって。だから、有希を嫌っていたとか、そういうのじゃないから」

有希が惚れ惚れするような男になって戻ってくるって――。

「……拓弥が本当にそんなことを？」

頰が熱くなってくる。有希は両手で両頰を押さえながら靖隆の顔を見た。

「ああ、あいつ、そういうところ口下手だから、有希には言えなかったのかもな」

「そうそう、拓弥ってかっこつけてても、肝心なところ弱腰っていうかさ、大事なこと言わないよね」

隼人も口を揃《そろ》えて言ってきた。二人とも拓弥のことを褒めないが、有希にとっては、有希に対して不言実行を貫こうとする拓弥が、愛しく思えた。

「……なんだよ、それ。かっこよすぎるじゃん」

思わず二人に聞こえないくらいの小さな声で呟《つぶや》いてしまう。

「でもさ、有希、ほんと〜に、拓弥と何でもないの？　拓弥の有希好き好き度って半端じゃないと思うんだけど。海外行くときだって、有希が惚れ惚れするような男になるって言ってたくらいだし」

隼人がドキッとすることを聞いてくる。

拓弥とは何でもないと言えばそれまでだが、セックスをしてしまった仲をどう言えばいいのかわからない。少なくとも有希にとって処女喪失は大きな事件だが、拓弥からしてみたら、大したことではないのかもしれないし。

それに――――。

決定的な言葉を拓弥から貰ったことがない。確かに昔は恋愛感情ではない『好き』という言葉を何度か貰ったことがある。憧れてくれていたことも知っている。先日だって、意外と有希に執着してくれていることを察することができた。

――――でも、それだけだ。

執着は子供の頃からの憧れの延長かもしれないし、有希には考えられないが、もしかしたら拓弥の中では有希のことをセフレとか、セックスを運動の一種とか、そんな感覚で片づけている可能性だってある。

恋愛初心者の有希にとって、相手の本音を探ることは至難の業だ。

俺が女だったら『女の勘』ってやつで、拓弥の本音を察することができるかもしれないけど……。

大体、『有希が惚れ惚れするような男になる』というのも、聞きようによっては、拓弥が有希に気があるように聞こえるが、普通に『有希を見返してやる』くらいのつもりで言ったようにも受け取れる。

とことんネガティブに考えてしまう。竹内にもよく言われるが、有希はそういうところが面倒臭い男なのだ。すぐにうだうだ考える。

自分に自信がないのだ。人気アイドルになっても常に有希は、自分の欠点を見つけて、そこを修正し、さらに上に行けるように努力している。そのせいか、副作用みたいなもので、こんな自分ではまだまだ駄目だと思う癖がついてしまった。自分はまだ『発展途上』だと言えばいいのだろうか。もうこれは一種の職業病だ。

それが情けないことに恋愛に関しても顕著に出てしまうのだろう。こんな自分に拓弥が惚れてくれるはずがないと、頭の片隅で思っているところがある。

有希の無言をどう受け取ったのか、ふと目の前の隼人が苦笑した。

「あー、有希、またなんかネガティブなこと、考えていそう。それだけ綺麗な容姿してるのに、本当に有希って、そういうとこ無関心だよね。鼻に掛けないし。でもそれが有希のいいところだから複雑」

「綺麗な容姿というか、まあ、芸能界では武器になる程度には認識しているけど……。でも、いくら他の人に綺麗だと言って貰えても、好きな人に好かれなきゃ、意味がないよね、本当は」

「え？　有希、好きな人がいるってこと？　それ拓弥？」

「隼人、どうしてそんなに拓弥と引っ付けたがるんだ。一般論だよ、一般論」

当たっているが、隼人には絶対知られたくない。拓弥と繋がっていそうなので、万が一、有希が拓弥のことを好きだなんて、彼の耳に入ったら、同居もしづらくなるかもしれない。

せっかく上手《うま》くやれていて、心地よい場所になっているのだ。それを壊したくない。

有希はこれ以上、詮索されたくなかったので、さりげなく話題を変えた。

「それより、隼人。トークのほうは考えたのか？　ある程度、面白く話さないと、焼肉奢《おご》らせるからな」

「大丈夫、靖隆が全部フォローしてくれるよ、ね、靖隆」

「いや、俺も有希の意見に賛成。隼人もたまには努力したほうがいいし」

「ええ！　今更言われても困る～！」

靖隆が隼人にわからないよう、有希に対して軽くウィンクをしてきた。どうやら靖隆も話題を変える手助けをしてくれたようだ。

有希は靖隆に感謝しながらも、無事に話題が変わったことに安堵し、楽屋に用意されていた台本を手に取った。

今日は人気お笑いコンビの司会で高視聴率のバラエティ番組に、キラッシュとしてゲスト出演する。

事前に、どんなVTRが流れるか、どんなコメントが振られるかは知らされているので、それについて自分に与えられた役目のコメントを返さないとならない。

その進行が書かれた台本に目を通しながら、有希が自分のキャラ、王子様系をどう活《い》かそうか算段していると、ふと楽屋のドアがノックされた。

「白木だけど、有希君いるかな？」

「白木さん？」

いきなりの白木の登場に、有希だけでなく他の二人も驚き、お互いに顔を見合わせる。そして軽く頷き合うと、有希はすぐに席を立って、ドアを開けた。

「おはようございます、白木さん」

「おはよう、有希君。楽屋に『キラッシュ』の名前を見つけたから、ちょっと顔を出してみたよ。私も二つ隣の楽屋なんだ」

クイッと左側を親指で指して見せた。左側の二つ隣なのだろう。

「白木さんも、今日、このテレビ局でお仕事なんですか？」

「ああ、君たちとは違う番組だけど、クイズ番組の収録なんだ。ところで有希君、収録まで時間ある？　ちょっと話があるんだけど、私の楽屋に来てくれないかな？」

「あ、三十分くらいなら大丈夫ですよ。台本の読み合わせをメンバーとするだけなので」

「よかった、じゃあ」

白木が自分の躰を退《ど》け、有希をドアの外へと促す。有希は隼人と靖隆に振り返って、断りを入れた。

「ちょっと、白木さんの楽屋に行ってくる。すぐ戻るから」

そう言うと隼人が何か言いたそうに口をパクパクさせる。ん？　と思ったが、なかなか言葉を発さないので、有希はそのまま隼人の言葉を待たずに楽屋から出た。


白木の楽屋は有希のいたキラッシュの楽屋よりすっきりしていた。

キラッシュは三人で、それぞれ私物の持ち込みも多いので、ゲーム機やら漫画雑誌やらが散らかっていたりするのだが、こちらはきちんと上着もハンガーに掛けられているし、机の上にはテレビ局の出したお弁当と、台本くらいしか置かれていなかった。

「悪いね、わざわざこっちまで来てもらって」

「いえ、それより、この間はすみませんでした。急に体調を崩してしまって……」

「ああ、それはいいよ。あの翌日も有希君、わざわざ電話を掛けてくれて、嬉しかったよ。気に掛けさせてしまってすまなかったね」

「いえ、そんな……」

「あ、適当に座って。コーヒーしかないけどいいかな？」

白木はそう言って、コーヒーを出してくれた。有希は近くの椅子に座った。

しばらく二人がやった最近の仕事の話をし、更に、今二人が共演しているドラマの役柄を深く掘り下げて、お互いに意見を出し合ったりした。

「はぁ……凄く勉強になります」

「いや、私も若い有希君の感じ方を聞いて、勉強になるよ。やっぱり幅広い年齢層から受け入れられる役者にならないといけないからね」

「若いって……白木さん、俺と四歳しか違わないじゃないですか。それに勉強になるって言われても、俺のほうこそ白木さんの歳になっても、今の白木さんのようになってる自信、ありませんよ」

有希がはぁと大きく溜息を吐くと、それに白木は笑って返し、「そういえば、」と話を変えてきた。

「あの夜、拓弥君、大丈夫だった？」

「え？　大丈夫とは……」

「いや、有希君の具合が悪くなったとき、拓弥君が代わりに電話に出ただろう？　なんか、機嫌が悪かったように思えたからね」

「あ……」

そうだ、そうだった。あのとき、拓弥が代わりに電話に出て、何かを話していた。

どうしよう……、あいつが何を言ってたか、いまいち覚えてない……。

サアッと血の気が引いたが、ここでどうこう言い繕っても仕方がない。有希は素直に白木に尋ねることにした。

「すみません、拓弥、何か失礼なことを言ってましたか？　俺、ちょっと具合がよくなかったので、あいつが何を話したのか、よく覚えていなくて……」

「いや、何も失礼なことは言われていないから、大丈夫だよ。でも君たちもいい大人だから、お互いそろそろ同居をやめたほうがいいかもしれないな、とは思ったかな」

「え？　やめる？」

そんなことをいきなり言われ、有希は思わず目の前の白木を凝視してしまった。

「あれ？　そんなに意外な話だった？　私は普通の話をしたつもりだったけど……」

「あ、いえ。拓弥とは最近同居を始めたばかりだったので、ちょっとびっくりして」

「ああ、そうだね。確か、拓弥君が帰国してから一緒に住むようになったって聞いているよ。もう三か月くらい？」

「あ、はい。そうですね、三か月くらいですね……」

「三か月も一緒なら、そろそろ女の子とか連れ込みたいときじゃない？　特に拓弥君はあの容姿で、草食男子ってわけじゃないだろうし。まあ、これはお節介かな？」

白木は苦笑したが、有希は胸に小さな穴が空いたような気持ちになった。

もちろん女の子を連れ込みたいなんて思ったことはなかったが、拓弥もそうだとは限らない。もしかしたら、女の子を連れ込んだりできないから、有希を代わりに抱いたということもあるかもしれない。

あ――――、マズイ。落ち込みそうだ。

不安が不安を呼ぶ。

「有希君も知っているかもしれないけど、拓弥君、日本に帰国する前、あっちでかなり遊んでいたみたいだしね」

そんな話、聞いたことがなかった。拓弥は拓弥で、昔から変わらない拓弥しか知らない。

「君がスキャンダルに巻き込まれないか、少し心配になるよ」

「いえ、拓弥はしっかりしているので、そんなスキャンダルを起こすような人物じゃないし、俺も大きな迷惑を被ったことはないので……」

「小さな迷惑はあるんだ？」

白木が楽しそうに口を歪めた。

「あ、それは、まあ、子供の頃からの知り合いなので、小さな迷惑と言うよりは、ちょっとした言い合い程度のものです。だからご心配はいりませんよ」

有希は白木にアイドル用の笑顔を向けた。有希の言葉で、拓弥が誰かに誤解されるようなことがあっては駄目だ。注意深く言葉を選んだ。

だが一方で有希の胸に空いた穴はなかなか塞がりそうもなかった。

拓弥があっちでかなり遊んでいた――？

そんなこと思ってもいなかった。でもよく考えれば、体格もいいし顔もいい拓弥が外国でもててもおかしくない。いや、むしろもてていたに違いない。童貞じゃなかったことが如実に語っている。

じゃあ、日本に帰ってきても――？

有希の胸がズキンと大きく疼いた。

もしかして、知らないうちに誰かを抱いていたりしたかもしれない――。

胸がざわつき、息苦しくなったような錯覚に襲われる。

それでもなんとか白木に動揺を悟られないように表面的には穏やかな笑みを零した。演技の続きだと思えば、どうにかなった。

「でも、引っ越ししたほうがいいかな、とは思います」

いつか拓弥があのマンションに女の子を連れて来たらと思うと、自然とそんな言葉が口から零れてしまった。

「ただ、いろいろ事務所との契約もあるので、すぐには引っ越しできませんけど、可能になったら、一人暮らしに戻ってもいいかなって考えてます」

拓弥の私生活が目に入らない場所へ逃げたほうが精神的に楽かもしれない。

「そのときは知り合いの不動産会社を紹介するよ。きちんと心得たところで、秘密厳守でいい物件を探してくれるよ」

「本当ですか？　じゃあ、そのときは――」

「そんなときは来ないから、紹介は結構です、白木さん」

「え？」

いきなり自分の声に拓弥の声が重なった。振り返ると、拓弥がノックもなしに楽屋のドアを開け、ずかずかとこちらに向かって歩いてきていた。

「拓弥！」

「白木さん、うちの有希を誘惑するのはやめてもらえませんか？　俺がいないときを狙って、大人げないとか思わないんですか？」

拓弥が手を握り、有希を椅子から立たせてきたかと思うと、自分の背に隠すようにして白木の前に立った。白木は白木で、そんな拓弥を余裕の笑みで迎えている。

「え？　私はこれでも結構大人げないんだけど。勝手に大人だって思ってもらっても困るかな。それにしても拓弥君、ここに来るの、ちょっと早すぎないかい？　今日の仕事はどうしたんだい？」

そうだ、その通りだ。白木の言葉に有希も拓弥の背中を見上げた。

「仕事は、今日は稽古だけだったので抜けてきました。あんたが何かするって、大体予想ついてたんで」

「白木さんが何かするって……？」

意味がわからず有希が問い掛けると、拓弥はこれまでにない厳しい顔を有希に向けてきた。

「有希、隼人たちが待っているぞ。早く楽屋に戻って、打ち合わせしろよ」

「あ……」

時計を見ると、楽屋を離れてから既に三十分ほど経っていた。

「じゃ、有希も時間がないので、これで失礼します。白木さん、俺に宣戦布告したって無駄ですからね。あんたには絶対に渡さない。他所《よそ》を当たってください。では」

拓弥は白木に有無を言わせず、一方的に話を終わらせると、有希を引っ張って楽屋から出た。

ドアが閉まる瞬間、白木が笑いを堪え切れない様子で噴き出していたのが見えた。

「え？　どういうこと？」

「いいんだ。あの人、俺たちで遊んでるから、有希は相手にするな」

拓弥はそう言うと、すぐに二つ隣のキラッシュの楽屋へと入った。そこでは隼人と靖隆が心配そうな顔をして待っていた。

「よかった、拓弥、有希奪還成功したんだね」

隼人が駆け寄ってくる。

「え？　なに？」

まだ状況がよく摑めない有希の頭の中は「？」で一杯だ。

「俺が拓弥に連絡したんだ。有希に何かあったら連絡するって拓弥と約束していたからね」

そう説明されてもまだ意味がわからない。白木と話をしていたことが、『何かあった』に入る理由が知りたい。

有希は自分の手をまだ握っている拓弥に視線を向けた。すると拓弥が表情を厳しくしたまま、有希を睨んできた。

「いいか、有希、お前を取り巻く男どもは、みんな狼《おおかみ》だと思え」

「はあ？　何を言ってるんだ。それに大体、そう言うお前が一番狼だろ。海外ではいろいろ遊んでいたんだって？」

言い返してやると、珍しく拓弥が焦った。その様子から、白木の話が当たっていることがわかる。

「それは……白木が言ったのか？」

「白木さんが言ったかどうかは、この際、関係ない。お前がそんなに遊び人だったなんて知らなかったよ。俺と同居しててさぞかし不便だったよな？　事務所から許可が出たらすぐ、俺、引っ越すから、お前は好きな女の子でも連れ込んで遊べよ」

「はあ？　なんで、そんな話になるんだ。引っ越すなんて絶対許さないからな」

「許さないってなんだよ！　お前が女の子と遊べないから、こっちが遠慮してやってんだぞ。お前の許可なんて必要ないだろ？」

まるで有希を自分の所有物のように扱う拓弥にカチンとくる。有希を物とでも思っているのだろうか。だがこちらが怒っているというのに、拓弥の顔は反省どころか、益々怒りの色を露《あら》わにする。

「くそっ、なんでお前はわかんないんだよ。俺が女の子と遊べないって？　外国で遊んでいたって？　ああ、そうだよ。俺は、有希のために、痛くないようにお前を抱いてやるために、いろいろと勉強をさせてもらったよ。だけどな、全部有希のためだ！」

「え……」

思わぬ告白に、虚をつかれる。

俺の、ため――？

それまで怒りで昂《たかぶ》っていた気持ちが、拓弥の今の言葉でスッと冷静になった。有希はそのまま拓弥の言葉を待った。

「有希、俺が日本にいたときは抱かせてくれなかったし、もし有希を抱いて酷《ひど》く傷つけたら、自分を許せなかったから、どうやったら有希が気持ちよくなってくれるか試してみたんだよ。そりゃ、相手には悪いけど、割り切った付き合いの人ばっかりだったし……」

そう言いながらも拓弥の言葉がもにょもにょと小さくなっていく。やはりバツが悪いのだろう。有希を射貫《いぬ》いていたはずの視線も、自然と他所へ逸らされる。すると、それまで黙っていた隼人が、声を掛けてきた。

「なんか、ちょっとお邪魔っぽいから、俺たち、外に出てるね。こうなったらしっかり二人で話し合ってよ、ね。さ、靖隆、行こ」

二人が遠慮して楽屋から出ていってくれる。しかし残されても困るのは有希だ。拓弥のまるで自分のことを好きだと言わんばかりの台詞をどう受け取っていいかわからない。

まさか、拓弥が俺のことを好き――？

前からもしかして、と思いつつもそんなことないと否定し続けてきたことが、本当かもしれないということを受け止め切れない。

有希は再び拓弥を見上げた。拓弥の表情が苦しげに歪んでいる。拓弥のこんな大人の男の顔、見たことがなかった。

「……もういい加減に気付けよ、有希。俺たちセックスしてるよな？　いくら童貞偽装のためとはいえ、あんなこと俺としかできないだろ？　他の人間はもちろん、仲間の隼人や靖隆ともやれないだろ？」

確かにそうだ。よく考えれば相手が拓弥だから、昔からずっと有希を陰で支えてくれていた拓弥だから、あんなことができたのだ。同じくずっと一緒にいた隼人や靖隆では無理だ。絶対できない。

「甘えてるかもしんねぇけど、俺の性格から、愛してるとか、そういう台詞、なかなか言えないって、有希だって知ってるだろ？」

弱々しく祈るように縋《すが》りつかれた。抱き締められ、彼の体温が思った以上に熱いという、どうでもいいことに気付いてしまう。

「なあ、有希、お前も俺が好きだって早く気付いてくれよ」

「拓弥……それ、俺が拓弥のことを好きっていう前提で言ってるよな」

思わずポロリと言ってしまう。好きだと言われて嬉しいが、癪に障る言い方なので、素直に喜べない。でも本当は、心の底から熱い思いが湧き上がって、彼をぎゅっと抱き返したいと思っていた。

「あのな、有希、どう見たって、お前は俺が好きだし、俺はお前が好きだろうがっ！」

――クソ拓弥っ。

心の中で悪態を吐きながらも、有希はとうとう我慢できずに目の前の傲慢で俺様な男をきつく抱き締め返した。

「拓弥、お前、よく俺のこと面倒臭いとか言ってるくせに！」

「それは照れ隠しだろうが。好きなやつのこと、本気で面倒臭いなんて思うわけないだろっ。それくらい気付け。大体、俺、そう言いながらも、有希とずっと一緒にいたじゃねぇか。その時点で察しろ」

「お前、わかりにくすぎ！」

「有希がわからなすぎなんだ！　白木のことだって、お前を狙ってるとも知らずに、一人暮らしをするようにそそのかされやがって。一人暮らしをした途端、あいつがやって来て、食われるぞ」

「な、俺、そんなに抜けてないぞ」

「俺から見たら、隙だらけだ。まあ、万が一のことを考えて、有希にはきわどいところにマーキングしてあるから、あいつがもし有希に何かしようとしても萎えると思うけどな」

足の付け根にキスマークが残っていると思うのだが、他にもどこか凄いことになっているのだろうか。

まだ自分で確認したことのない有希だが、見るのが怖くなってきた。いや、見ないほうがいいかもしれない。

でも、本当は有希だって拓弥に何か痕を残したい。それに――――。

「なあ、拓弥」

「ん？」

「……俺さ、別に痛くても構わなかった」

「あ？」

「……お前の童貞、俺にくれたなら、俺、痛くても我慢した」

「なっ……」

拓弥があんぐりと大口を開けた。イケメン俳優台無しだ。

「お前っ、俺の理性、どこまで試すんだよっ！　言っとくが、ここ、テレビ局だぞ、あ？　俺、生殺しか？　そんなこと言われて、俺は指咥えて、ここで待機か？　ああ？　どんな拷問だよ、それっ」

「知らないよ、そんなの自業自得だ。俺、隼人たち呼んでくるから。お前、その前の勃起し始めてるやつ、ちゃんと鎮めておけよ」

「あ……」

言われて気付いたのか、拓弥が自分の股間に視線を落とす。

実はさっきから少しずつ成長し始めた拓弥が有希の腰に当たっていた。甘い言葉をなかなか言ってくれない代わりに、下は素直に求愛してくれている感じがして、何となく擽ったい気持ちを持て余していたが、ここはテレビ局だ。とりあえず、落ち着いてもらうしかない。

有希は楽屋のドアを開ける寸前に、もう一度振り返った。

「あのさ、拓弥。その……俺たちの間だけでも、好きなやつとしたときに初めて童貞喪失ってことにしないか？　そうしたら、俺、拓弥の童貞を貰ったことになるし……」

言いにくいことだったが、有希は勇気を振り絞って拓弥に提案した。莫迦にされるかもしれないと思いながら、恐る恐る顔を上げると、鼻息を荒くした拓弥と目が合う。

「有希っ！」

「わっ！」

有希は反射的にドアの外へと逃げた。慌てて閉めたドアの向こう側から、ドンと人が当たる振動が伝わって来る。拓弥がドアに激突したようだった。

「有希ぃ、お前、今夜、覚えておけよ～ぉ」

恨みがましい声が部屋の中から聞こえてくる。

「拓弥、他の人に聞こえるぞ。後はまた家に帰ってからだ。大人しくしてろよ」

有希は拓弥にそう言うと、席を外してくれた隼人たちを捜しに廊下を歩き始めた。

＊＊＊

「あれ？　有希は～？」

拓弥がどうにか下半身を気合で鎮めてからしばらくすると、楽屋に呑気《のんき》な声と共に、隼人と靖隆が戻って来た。

「ん？　お前たち捜しに出ていったぞ」

「え？　すれ違い？　有希、まだ衣装に着替えてなかったから、スマホ持ってるよね？　ちょ

っと連絡してみよ」

　隼人がすかさずスマホを操作した。

「んー、マナーモードになってるのかな？　留守録に切り替わっちゃった」

「仕方ない。もう少し待って来なかったら、捜しに行こうか？　どうせ、あと十分もしたら衣装に着替えないといけないんだから、有希もその頃には戻ってくるだろうし」

　靖隆はそう言いながら、台本を見始めた。

「有希、台本をあまり読みこめてない感じだったから、俺たちでしっかりフォローするためにも、ほら、隼人も台本、目を通しておけ」

　このバラエティ番組では、台本は基本、スタジオの席にも用意されているし、カンペにある程度書いてもらえているので、進行中も流れが確認できるようになっている。そのため、有希一人があやふやでも、残り二人でフォローができる範囲ではあった。

　隼人も椅子に座って、台本を捲り始めた。しかしすぐに顔を上げる。

「そういえば、拓弥、ちゃんと有希にコクった？　もうこれ以上拗《こじ》らせたら、俺、応援するのやめるからね。有希は俺の大事な仲間だし、可愛い弟みたいなもんなんだから。有希を泣かせるやつは、たとえ拓弥でも容赦しない」

　隼人が可愛い表の顔を脱ぎ捨てて、冷たい顔で拓弥に迫ってきた。

「わかってる。どうにか言えた。有希も今度こそは理解してくれたと思う」

「ったく、今どき、言葉で言わなくても態度でわかるだろうってのはナシだからね。特に拓弥は有希が可愛いからって苛めすぎ」

「苛めてねぇよ。他のやつにはできることが、有希相手だとこっぱずかしくて、できなくなるだけじゃねぇか」

「それが伝わらないっていうの、ね、靖隆」

真面目に台本を見ていた靖隆に、隼人がしなだれ掛かる。

「ま、でも有希も昔から拓弥のことを特別扱いしていたから、結局は自分でも気付かないうちに拓弥の思いは受け取っていたんじゃないかな？」

靖隆が拓弥へと視線を投げ掛ける。拓弥は自然と小さく頷いた。

子供の頃、可愛くて守ってやりたくなるような容姿だった有希は、成長したら美人で気品ある王子様になった。でも性格はあの頃と一緒で、がさつで面倒なところもあるけど、仲間思いで、後輩に優しい。そして自分には厳しいプロフェッショナルだ。

拓弥は有希のそういうところが全部、好きだった。

そんな有希が、昔から拓弥には特に甘いことも承知だった。だからこそ、そこを上手く利用して有希に甘えながらも、拓弥は有希を虎視眈々《たんたん》と狙っていたのだ。

「それにしても、有希、戻ってこないね。靖隆、そろそろ捜しに行ったほうがよくない？」

隼人が壁に掛かった時計を見ながら有希の心配をした。

「そうだな。有希が俺たちを捜しそうなところっていえば、自販機のあるところくらいだけどなぁ……。そこには来なかったよな」

拓弥は二人のやりとりに、仕方なさげに自分のスマホを取り出し、ささっと操作した。

「有希、えーっと、ここどこだ？　なんか変なところにいる」

スマホを差し出すと、二人が覗き込んできた。

「なに、これ？」

隼人が訝《いぶか》しげに尋ねてきた。

「あー、これはその……」

「GPS機能だよね？　それもかなり特殊な。なんで拓弥のスマホで有希の居場所がわかるようになってるの？　それって有希が検索の許可をしないと、出てこないよね？　有希が許可してるの？」

「あ……いや」

隼人の鋭い追及にたじたじとなる。

「有希が許可してないとしたら、拓弥が勝手に有希のスマホのGPS機能を常時検索許可に設定したってこと？　でもそれじゃあ、履歴が残ってるから、有希がスマホを見たときにばれるよね？」

「っていうか、隼人、詳しくないか？　お前、靖隆に何かやってるだろ」

「俺のことはいいの。それより拓弥、何やったんだよ」

少しばかり靖隆のことを憐《あわ》れに思いながら、拓弥はとうとう白状せざるを得ないところまで追い詰められた。

「……有希の靴の裏に探知機仕込んである」

「……どこかのスパイみたいだな」

靖隆が感心したように呟くと、続いて隼人がわざとらしく驚いてみせた。

「ええ!?　スパイどころか、ストーカー」

「違うぞ。俺はな、全身全霊かけて、有希のことを愛しているんだ。有希が危険な目に遭ったら、すぐに助けに行くつもりで仕込んだだけだ」

「わ……そういうこと、俺たちじゃなくって本人に言ってあげてよ。有希、顔を真っ赤にしてパニクるとは思うけどさ」

「いいんだ。有希には別のときにちゃんと言うつもりだから。それより隼人、お前のほうがストーカーしてないか？　なあ靖隆、お前、大丈夫か？　隼人にいろいろ調べられてるぞ」

キラッシュのリーダーである靖隆は、メンバーの中で一番しっかりしているはずだ。ここは調子に乗っている隼人を、びしっと叱ってほしいところである。だが。

「別に？　俺は隼人に隠すことはないいし。隼人の好きにすればいいさ。俺のこと愛してくれているってことだし」

「だよね、さっすが靖隆、愛してるっ！」

何事にも動じない靖隆に、大物感を覚えずにはいられない。

「はぁ……お前たちには敵《かな》わないな」

拓弥が頭を抱えていると、楽屋のドアをノックする音が響いた。

「あ、有希が戻って来た」

隼人はまるでご主人様を待っていた犬のように、嬉しそうに顔を上げると、ドアまで走っていく。

「有希、お帰り、俺たち先……に……」

不自然に止まった隼人の声に、拓弥と靖隆もドアのほうへ顔を向けた。

「あれ、有希君はいない？」

そこには先ほど、しっかりと牽制《けんせい》をしておいたはずの白木が立っていた。

「いても有希はあんたに会わせないけど？」

拓弥は白木の傍《そば》まで行くと、正面から睨んだ。すると白木が苦笑した。

「ああ、さっきはごめん、ごめん。今は一時休戦としよう。実は私が出演するクイズ番組に、リミットボンバーも一緒に出ることになってるんだけど、そろそろ収録時間なのに、メンバーの桜井君がいないって、騒いでいてね」

「桜井？」

拓弥の眉がぴくりと動く。隼人も靖隆も顔を見合わせた。

「ああ。実は以前、桜井君が有希君に絡んでいるのを目撃したことがあってね。また有希君と何かトラブってるのかと心配になってこちらまで見に来たんだ。……だが、有希君がここにいないということは、あまりいい状況じゃないかもしれないな」

いつも食えない笑みを零していた白木が、最後のほうは深刻な面持ちになる。白木もまた真剣に有希を心配しているようだ。

「白木さん、すみません。ちょっと失礼します！」

拓弥はすぐに走り出した。

「拓弥っ！」

隼人の声が後ろから聞こえるが振り返っている時間はなかった。一刻も早く、有希のいる場所へ行かなければならない。

有希――――！

走る速度をもどかしく思いながら、拓弥はＧＰＳが知らせる場所へと走ったのだった。

＊＊＊

柱と柱の僅かな隙間に、有希はビニール紐《ひも》で手足を縛られて寝かされていた。何重にも巻かれたビニール紐は引っ張ったくらいでは切れることがなかった。視線を足元に遣れば、すぐそこに下卑た笑みを浮かべた桜井が立っている。

大道具の仮置き場のような場所だった。あまり人通りもなく、有希と桜井がこんなところにいるとは誰も気付かない感じの場所だ。

たぶん桜井はあらかじめ、このテレビ局に死角になるような場所がないか、調べていたのだろう。

「桜井、この紐を解けよ」

有希は自分を見下ろす桜井に声を掛けた。

あれから隼人と靖隆を捜しに出た有希は、すぐに廊下で桜井と出会《でくわ》してしまった。

最初はいつもと変わらず、嫌みを言われるだけだった。だが、いい加減埒が明かず、有希が桜井を無視してその場を立ち去ろうと背中を見せた途端、いきなり背後から桜井にシンナー臭い何かで口許を押さえられたのだ。そのまま意識を失い、そして気付くと、ここに縛られて寝かされていた。

「笹島、お前の収録、間に合わないようにして、キラッシュの顔に泥を塗ってやるよ。ちょっとお前ら調子に乗りすぎてるしな」

桜井はまるで歌でも歌うかのように軽やかに言ってきた。その様子から少し異様な雰囲気を感じ取り、有希は気を引き締めた。

「そんなことをしたら、お前が犯人だってわかって、芸能活動ができなくなるぞ！　それでもいいのか！」

「はん？　俺の心配をしてくれるわけ？　笹島は優しいなぁ。だけど心配は無用だ。お前が俺のことを言えないようにすればいいだけだからさ」

「な、に……？」

「お前の恥ずかしい写真を撮ってやるよ。俺のことをばらせば、お前の写真をネットに流してやる」

「っ……」

よく見ると、桜井の股間が不自然に膨らんでいるのがわかった。

「さ、桜井……っ……」

意味がわからないが、桜井が有希に対して性的興奮を覚えていることは確かだった。

拓弥――――!

桜井の手が有希に掛かる。焦った様子で有希の服を脱がそうとしてくるが、ビニール紐が邪魔なのか、手間が掛かった。

有希もまた簡単に脱がされてなるものかと、精いっぱい躰を動かして暴れた。

「くっ、俺に触るなっ、桜井!」

「そうやって嫌がるお前の顔を見ると、興奮するぜ。もっと泣かせたくなる」

「いい加減にしろ、蹴り飛ばすぞっ!」

相手がアイドルだから、傷を付けてはいけないと、有希も桜井に対して遠慮していたが、今はそれどころじゃないことに気付く。

「王子様がそんな下品な言葉を使っていいのか? まあ、ギャップ萌《も》えってやつ? 俺もやっと理解できそうだぜ」

桜井の息が荒くなっている。気持ちが悪かった。

拓弥、拓弥――――。

心の中で何度も拓弥の名前を呼ぶ。それだけでも意識をしっかり持てて、恐怖に立ち向かう勇気が出た。

「俺から離れろっ！」

だが、桜井は気持ちの悪い笑みを浮かべ、有希のクロップドパンツに手を掛けた。そのままウエストから手を滑り込ませる。

「お前っ！」

有希の声も空《むな》しく、桜井の手が下着の中に突っ込まれた。

「くっ……」

有希の、情けないが怯《おび》えて縮こまった下半身に彼の指が掛かる。

「すげぇ、興奮するぜ。お前もやっぱり男だったんだな。ちゃんと付いてる。だけど、お前だったら全然イケるわ。尻に突っ込めるぜ」

「くそっ、変態！　やめやがれっ！」

「実は拓弥とも、もうヤってんじゃね？」

ゆっくりと下半身を扱かれる。しかし拓弥とのときとは違って、桜井相手ではまったく感じることはなかった。

「拓弥をお前と一緒にするな！」

「お前のことずっと泣かせてやりたかったけど、やべっ、想像以上にいいわ。まじにヤれるって……」

カチャカチャと桜井がベルトを外す音が響いた。写真を撮るとか言っていたが、本人はもうそれを忘れているのか、行為に夢中になっている。

「すぐに挿れたいけど、男って慣らさないといけなかったんだっけ？　面倒臭いな。このまま挿れられないんか？」

鼻息を荒くした桜井が己の肉棒をぽろっと出した。それは既に猛々しく勃ち上がっていた。そしてそのまま有希をくるりと反転させ、有希のパンツを下着もろともずり下ろす。

とうとう有希は桜井の前に臀部を曝《さら》け出す形となってしまった。そこに彼の欲望が当てがわれる。恐怖で有希の躰が竦《すく》み上がった。そんなところに何も準備をせず男を受け入れるなんて、できるわけがない。

「いっ……やっ……やめ……ろっ……やめろっ！」

ぎゅっと目を閉じた有希の頬を、一滴の涙が滑り落ちた。そのときだった。地を這うようなドスの利いた声が聞こえた。

「なあ――、あんた、俺の有希に何してんだ？」

有希だけでなく桜井も恐怖で声のしたほうへと視線を向ける。

そこには誰もが一瞬で背筋を凍らせてしまうだろう表情をした拓弥が立っていた。ゆらゆらと怒りのオーラを背負っているのが目に見えるようだ。

ドスッ！

刹那、有希に覆いかぶさっていた桜井が吹き飛んだ。拓弥が桜井を蹴り上げたのだ。被害者の有希さえ心配するほどの力強い蹴りだった。更に拓弥はそのまま表情を変えることなく吹き飛んだ桜井の元に行くと、襟を摑み上げ、今度は殴り掛かった。

「拓弥っ！」

有希はまずいと思って、大声で名前を呼んだ。しかし拓弥はその声に反応することなく、桜井と殴り合いの喧嘩《けんか》となった。

やばい――――！

拓弥が怒りで我を忘れているのが有希にもわかった。桜井も興奮しているのか、拓弥へ殴り掛かっている。

このままでは二人とも怪我をするのはもちろん、仕事にも影響が出る――――。

有希は動けない躰を必死に動かそうと、もがいた。もしかしたらこの喧嘩が原因で仕事を干されたりするかもしれない。

嫌だ――――。

拓弥をこんなことで潰したくない。彼はこれから芸能界を代表する俳優になるのだから。俺の輝く星なんだから――――！

「拓弥――っ！」

有希が叫んだと同時に、大勢の足音が聞こえた。隼人や靖隆が拓弥の後を追ってか、やってきたのだ。その後から、マネージャーの竹内も、そしてリミットボンバーのマネージャーらしき男も駆けつけ、すぐに殴り合っていた拓弥と桜井の間に入り、二人を止めた。

有希の元にも隼人と靖隆が駆け寄ってきてくれた。しかし有希の姿を見て、隼人は顔を歪ませ、泣いてしまった。その横で靖隆が自分のジャケットを有希に羽織らせ、そして手足の自由を奪っていたビニール紐を解いてくれた。

誰が見ても、桜井が有希に何をしようとしていたのか一目瞭然の状況だった。

我に返った拓弥が、仲裁に入った竹内たちを振り切って有希のところに走って来た。そしてきつく抱き締めてくれる。

「有希――っ」

今まで見たことがないくらい憔悴《しょうすい》しきった拓弥の顔は、誰が被害者なのかわからないほどだった。

「大丈夫だ、拓弥。お前が来てくれたから、何もなかったし、ほら、どこも怪我をしてないだろ？　お前こそ大丈夫か？　殴られただろうに」

拓弥の背中を有希はそっと撫《な》でてやった。本当は有希こそ震えてしまうところだったが、拓弥に抱き締められた瞬間、恐怖は吹っ飛び、安堵が胸を占めた。

「あんなへっぽこパンチ、全部避《よ》けてやった。あいつ……絶対許せねぇ」

そんな強気なことを言いながらも、拓弥は有希の躰に、よりきつくしがみ付いてきた。拓弥のほうが有希よりも余程恐怖を感じていたようだ。

「拓弥……」

有希も拓弥に何かあったと聞いたら、きっと同じように怖くて仕方なくなるだろう。自分のことよりも拓弥が大切だからだ。もしかしたら、拓弥も同じように有希のことを大切にしてくれているのかもしれないと思うと、彼が一層愛しくなった。

拓弥――。

愛しくて、大切で、信頼できる相手――。

どんなときでも拓弥は有希を助けてくれる。そんな気持ちが有希を落ち着かせる。

拓弥の背中越しに向こうを見れば、いつの間にか、桜井のグループ、リミットボンバーの仲間が慌てた様子で集まっていた。壁際で立ち尽くしていた桜井もやっと冷静になったようで、青褪《あおざ》めた顔で、メンバーに何かを言われている。

「有希、大丈夫か？」

竹内がリミットボンバーのマネージャーを連れて有希に声を掛けてきた。竹内も滅多にないほど深刻な顔をしている。

有希は竹内にもう大丈夫だと伝えるために、力強く頷いた。すると竹内が泣いているような笑みを零す。彼の中でもいろいろと複雑な思いが交錯しているのだろう。それでも気丈に、まずは今後の話をし始めた。

「有希、今回の桜井君のやったこと、訴えるか？　暴行罪としてしか訴えられないが……」

「いえ、後でマスコミに嗅ぎつけられても面倒なので、穏便にお願いしたいです。できれば揉み消してもらえたら嬉しいです」

有希の答えにリミットボンバーのマネージャーがほっとした顔をし、すぐに頭を深く下げた。

「このたびはうちの桜井が大変なことをしでかしまして、本当に申し訳ございませんでした。未遂とは言えど、二度とこのようなことがないように、事務所を挙げて取り組むように致します。笹島さんには、後程、社長からも謝罪しに伺います。このたびは本当にお詫《わ》びのしようがないことになりまして、誠に申し訳ございませんでした！」

「もう二度と、俺に突っかからないように、桜井君にはきつく言っておいてください」

有希にはそう言うしかなかった。

「わかりました。それから申し訳ないのですが、番組の収録が迫っておりますので、一旦、私たちはスタジオに戻らせていただきます。後で改めてお伺いさせてもらいます」

リミットボンバーのマネージャーはもう一度頭を深く下げると、桜井に声を掛けた。

「桜井、君は今日、病欠ということにする。収録に出るのは禁止だ。その顔の青痣《あおあざ》を手当てするぞ。あと事務所の規約に重大な違反を犯したとして、数か月の芸能活動禁止になる。後で、社長と話し合ってもらう。わかったね」

桜井が力なく頷く。他のリミットボンバーのメンバーは有希に向かって小さく頭を下げると、そのまま桜井と一緒にマネージャーに引き連れられて、収録スタジオへと走っていった。

桜井の姿が視界から消えて、ほっとする。やはり彼の姿が見えていたうちは緊張していたようだ。

「有希、今日は拓弥と家に戻るか？　収録は隼人と靖隆に任せておけば何とかなる。そうだろ？　隼人、靖隆」

「それは大丈夫だよ。任せて」

竹内の声に、隼人も靖隆も頼もしく請け合ってくれる。だが、有希は首を左右に振った。

「ううん、俺、収録に出るよ」

「え!?　大丈夫か？　有希。無理しなくてもいいんだよ？」

隼人が驚くが、有希は再度首を横に振った。

「桜井が収録に出られないんだ。なら余計、俺は這ってでも収録に出る。嫌がらせに負けたなんて、絶対、桜井にだけは思われたくない。これは俺の意地だ」

「有希……」

拓弥が目を見開いて見つめてくる。もしかしたら拓弥も収録を休んだほうがいいと思っているのかもしれない。

「それに俺、キラッシュの仕事、楽しみにしてるんだ。絶対に穴を空けたくない。隼人と靖隆と一緒に出演して、キラッシュを盛り上げたいんだ。俺たちのキラッシュだから」

「有希！」

隼人が拓弥を押しのけて有希に抱き付いてきた。

「有希、俺ももっと頑張るよ。俺たちのキラッシュ、これからも大切に育てていこうな！」

ぎゅうっと抱き合っていると、横で拓弥が悔しそうに呟いた。

「くそ……やっぱり俺、キラッシュに入りたかった。あんときは小学生だったから駄目って言われたけど、ほんっと、二歳差が悔しい」

拓弥は有希を恨めしそうにちらりと見た。まるで有希が悪いと言わんばかりだ。

「おい、拓弥。お前が二年遅く生まれたのは、俺のせいじゃないからな」

一応断っておく。すると拓弥は軽く肩を上下させ、近くに立っていた竹内に振り返った。

「ねえ、竹内さん、俺も今日のバラエティの収録に出してくれないかなぁ」

「ええっ？」

「キラッシュの隣で好青年の顔をして静かに座ってるからさ。ほら、キラッシュのバーターとかできない？　ギャラいらないし」

バーターとは人気芸能人を出演させるときに、抱き合わせで同じ事務所の新人や売り出し中の芸能人を出演させてもらうことを言う。

「拓弥は別にピンでいけるから、今更バーターとか必要ないけど……。まあ、拓弥が友情出演で出るって言えば、かえって局側は喜ぶと思うし、出たければ交渉するよ」

「ありがとう。じゃあ、お願いするよ、竹内さん」

「わかった。なら、今から交渉してくる。みんなは衣装に着替えて、スタンバっておいて。それから有希、無理はするなよ。一応今回のことは、嫌かもしれないけど、社長には報告しておくからな。同じことが起きないようにこちらも対策を立てないといけないしね」

「了解。そっちは竹内さんに任せるよ」

有希は立ち上がると、靖隆に借りたジャケットをそのまま羽織り、みんなと一緒に楽屋へと戻った。

＊＊＊

今日のバラエティ番組は人気お笑い芸人の司会で、ゲストと一緒にゲストの過去にあった出来事を笑いにするというものだ。

ゲストにキラッシュの名前が呼ばれ、スタジオへ入ると、早速、拓弥がいじられた。

「実は今日、用もないのに、勝手にゲストに来ちゃった人がおるんやて」

「え？　誰やねん？　ここにおるのはキラッシュの隼人、有希、靖隆……あっ！　なんか大きい人が交じっとるで」

「こんにちは。大きい人、海棠拓弥です。キラッシュのバーターでねじ込んでもらって、今日来ちゃいました」

拓弥もノリがよく、司会の話題についていく。

「バーターやて？　マスターズ事務所さん、困るわぁ。イケメンは三人までにしといて～」

「いや、この人、バーターのくせに、このスタジオにおる人の中で一番がっぽり稼えでおるから、媚《こ》びておいたほうがええって。この爽やかな笑顔も、一回で俺らの給料一か月分くらいの価格らしいで」

「笑顔一回で、俺らの一か月分！　バーターなのに石油王並みの稼ぎってなんやねんっ！」

「いや、そんなに貰ってませんって。お二方の半分もないですよ」

拓弥が笑って返すと、一人が大げさに驚いて身を竦ませる。

「おいおい、こっちを向いて笑わんといてぇ。俺、支払い能力なくて破産するわ」

次々と繰り出されるマシンガントークにスタジオが笑いに包まれる。有希も先ほどの事件を一瞬ではあるが、忘れることができた。

「ほな、次のゲスト、行くで！　お笑い芸人、高田晴久《たかだはるひさ》！　あ、ええか。こいつは邪魔やから、ゲストはキラッシュだけにしとこ」

「ちょっと待てぇ。俺も呼べやぁ」

お笑い芸人の一人が登場口のカーテンの奥から出てくる。そこで今度は三人でのやり取りが始まった。

有希もまるで観客のように三人の絶妙なコントに笑っていたが、そのうちの一人が悪ふざけで高田の上に乗ったのを見て、ふと桜井にされたことを思い出し、躰が小さく震えた。

やばい……。

片手で震える腕を押さえた。すると、隣に座っていた拓弥が他からは見えない角度で、そっと手を握ってきた。

え？

さりげなく拓弥を見上げると、拓弥もこちらを見つめていた。そして握っていた手にぎゅっと力を込めてきた。まるで俺がいるから大丈夫と言ってくれるようだった。

そうか――。

それで有希は納得した。急に拓弥も出演したいと言ったのは、きっと有希を一人にさせたくなかったからだ。

こうやって有希が不安になったとき、隣にいて、勇気づけようとしてくれていたのだ。

「ありがとうな、拓弥」

小さな声で礼を言うと、拓弥はそれこそカメラが回っていないのがもったいないほどの、極上の笑みを浮かべた。

番組の収録は、そのままキラッシュメンバーの子供の頃の写真を見ながら、面白おかしく紹介するコーナーへと移り、無事に終了したのだった。

◆　5　◆

収録現場からマンションへと戻ると、拓弥が甲斐《かい》甲斐しく、有希のために風呂の準備をし始めた。普段とてもそんなことをしそうには見えないのに、有希のためには、信じられないほどマメに世話をしてくれる拓弥に改めて感謝する。

「今日はいろいろとありがとうな」

有希は勇気を出して、拓弥の背中にコトリと頭を預けた。

「悔しいけど、お前の言ってたこと、正しかったな。俺、やっぱり危機管理なってないや。今回のことで自信なくしたよ」

今まで拓弥の先輩として大きな顔をしていた有希としては、あまり認めたくないところだったが、躰を張って助けてくれた拓弥のことを思うと、自分のつまらないプライドで、拓弥を軽く扱ってはいけない気がした。

「……そんなことない、有希。俺が危ないって思ってた白木は有希を守ってくれたし。たまたま桜井が俺の思ってた通りのことを起こしただけで、有希が自信をなくすことなんて、何もない。だからそんなに落ち込むなよ。俺、どうしたらいいか、わかんなくなるだろう?」

拓弥がそっと躰を反転させ、有希と向き合う形で立ち、ふわりと抱き締めてくれた。

「お前は偉そうにして、前向いて輝いていればいいんだ」

その言い草に有希はプッと噴き出した。

「偉そうなのはお前だろ？　拓弥」

「先輩様には敵わねぇよ」

それがきっと拓弥の本音なのだろう。眉間に皺を寄せた顔が物語っている。

有希にとったら、拓弥のほうがもうずっと先を歩いているように思えるのに、本人はそうじゃないらしい。

「拓弥、お前さぁ、外国でモデルの仕事に就いたのって、俺を見返すためだったんだってな。知らなかった」

「見返すんじゃない。有希に認めてもらいたかったんだ。何だよ、隼人か靖隆に聞いたのかよ？　あいつら、有希には喋らないって言ったのに……」

どうやら隼人や靖隆は、早くから拓弥の気持ちを知っていて、有希に内緒で拓弥と繋がりを持っていたようだ。

「あのな、拓弥。俺、あれでも結構傷ついたんだぞ？　お前、黙って外国へ行こうとするし。空港に見送りに行っても嫌みっぽいし。俺、もしかしてお前に嫌われていたのかもって、悩んだこともあったんだぞ」

「ああ、あれは……ちょっと有希への当てつけもあった。黙って行けば、少しは心配してくれるかなって思ったし。あと、空港では、お前が見送りに来るなんて思ってもなかったから、照れを隠すのに必死だったんだ。嫌みばっかりお前に言って、後で飛行機の中で百万回反省して落ち込んだ。ああ、もう、だから俺はガキなんだよ。お前に相手にしてもらいたくて必死で足《あ》掻《が》いているガキなんだ！」

拓弥が開き直ったのか、いきなり大きな声で叫んだ。顔は真っ赤だ。そして苦しいほどきつく有希を抱き直した。

「別にいいだろ、俺に一つくらいお前より優れているところがあったって。こっちはお前に置いていかれないように必死だっていうのに」

吐き捨てるように胸中を吐露する。以前、竹内からも聞いていたが、拓弥が有希と同じ気持ちでいてくれることに、改めて嬉しさを覚える。

いつまでも良きライバルでもいたい――。

だからたまには拓弥を褒めてやってもいい気がした。

「お前は自分で思っているより、ずっと凄いぞ。俺だってついていくのに必死なんだ」

「本当か……？」

拓弥が有希の顔をそっと覗き込んでくる。図体《ずうたい》がでかいくせして、縋るような目つきに、つい大型犬を思い浮かべて笑ってしまった。

「本当だ」

「近くで笑うな、これでも我慢してるんだぞ。有希が怖い目に遭ったばかりだから、今夜は何もしないと決めてんだ」

「お前が相手だったら、怖くないよ」

「くそっ……」

突然、拓弥に激しく唇を奪われた。まるで嵐に遭遇したような感じさえする。その唇は有希の唇に温かみを残したまま、離れた。

「たく……や……」

「ずっと有希を守ってきた。海外に拠点を移しているときも、オヤジをずっと、有希に何かあったら仕事を辞めるからと脅し続けてきた」

「社長に？」

「俺は、本当は有希と離れて海外に行くのは躊躇していたんだ。俺がいないうちに有希が誰かにとられそうな気がして、不安だった」

初めて聞く話だった。

「だけど、オヤジは海外進出を考えていて、海外の大手エージェンシーとのコネが欲しくて、俺をどうしても契約させたかったんだ」

マスターズ事務所が世界に通用するスターの養成を目指しているという噂《うわさ》は本当のようだ。

「で、俺はオヤジと契約したんだ。俺が海外で成功しているうちは、有希を完璧に保護すること。変な女や男を絶対近づかせないこと。約束の四年間、無事にトップモデルをやり遂げたら、俺と有希について口出ししないこと」

「え……」

途中から一抹の不安に襲われる。

「なっ、それって、社長は俺とお前がこういう関係になるだろうと知っていたってことかっ？」

「いや、オヤジにははっきり言ったことないけど、まあ、察してはいるかもしんないな。俺、隠してないし」

ぎゃあ！

声にならない悲鳴が出る。これからも社長と何度も顔を合わす機会があるというのに、どういう顔をして会えばいいのかわからない。それに——。

「ちょっと待て、お前の家はそれでいいのか？　っていうか、俺の家族はどう反応するかわからないぞ」

「うちは兄貴が会社継ぐし、跡継ぎ問題、その他、すべて問題ない。有希のところも、姉ちゃんが応援してくれそうだし、大丈夫じゃね？　お互い、この芸能界で頑張っていれば、文句を言うやつなんていないさ」

凄く軽い答えが返ってきた。

でも――――。

でも、それでいいのかもしれない。有希では関係ないことまで心配し出して、ぐるぐるしてしまうだけだ。拓弥が肝心なところだけ押さえてさっさと前に進むなら、それについていくのも悪くはない気がした。

ん――――？

「なあ、拓弥、今更気付いたんだけど、俺が事務所からマンション借りたのって、お前が海外に出ていった年と重ならないか？」

有希はちらりと拓弥に目を遣る。拓弥も蕩けそうな瞳で有希を見つめていた。

「それが何だ？」

「もしかして、俺、お前が父親から買い与えられたマンションに住まわされていたってことはないよな？」

「ん？　まあ、そうかもな」

「そうかもな……って、そうなのかっ⁉」

有希が驚いて見せると、拓弥が一瞬ムッとしたような表情をした。さも自分は正しいことをしたのに、なんでそんなに驚くんだ、と言わんばかりの顔だ。そして次第に呆れたように双眸を細め、これ見よがしに大きな溜息を吐いた。

「そんなの、有希を囲っていたに決まってるだろ。大体、有希に一人暮らしさせるなんて、あり得ないだろ、普通」

普通というのが、もはやよくわからない。

「恋愛解禁だって、俺が帰国するまで許可しないようにオヤジに言っておいたのに、俺が帰る直前に許可しやがるし。あいつ、俺が慌てる姿を見るのが楽しいって言うんだぜ。やなオヤジだ」

拓弥は何でもないように言うが、有希はこの父子に頭を抱えたくなった。

今度社長に会ったら、きっと笑顔で見つめられただけで、冷や汗が出る。

有希が困惑しながらも、もう一度拓弥を見上げると、彼の視線の温度が僅かに上がっていることに気付く。

「拓弥?」

「なあ、有希。これからも俺が絶対守る。今日みたいなことは二度とないようにする。だから俺を選んでくれ」

「拓弥……」

「お願いだ、有希――」

有希を抱く拓弥の腕が僅かに震えているのが伝わってきた。

この男はどこまで自信がないのかと、驚く。

でも――。

自信がないのは有希ばかりではないことに、少しだけ安心する。

「さっき言っただろ？　お前が相手だったら、怖くないって。お前以外のやつとは、絶対嫌なんだから、お前しか俺は選べないよ。お前こそ、俺を捨てるなよ。永久返品不可だからな」

「当たり前だ。俺の命より大事なもん、捨てられるか」

獰猛なキスが襲い掛かる。同時に拓弥の手が忙《せわ》しなく有希の衣服を脱がせ始めた。

「拓弥、駄目だ。それは後から……。まず風呂に入らないと……」

「一緒に入ったら駄目か？　一緒に入ろう？　有希」

甘く囁かれ、服を一枚ずつ脱がされる。バスルームに行くまでの廊下には、二人の服が幾つも脱ぎ捨てられた。

二人とも一糸纏わぬ姿になり、バスタブに身を沈める。

そんなに小さなバスタブではないが、大きな男が二人で入ると、かなり素肌を密着させないといけない。

ベッドの上よりもどうしてか、風呂のほうが恥ずかしかった。有希は居たたまれず、顔を拓弥から逸らした。

「こっちを向けよ、有希」

楽しそうに言われても、簡単に振り向けるほど大胆ではない。湯の温度のせいもあるかもしれないが、恥ずかしくて頬が紅潮するのがわかった。

「う……」

それでもいつまでもこうしている訳にもいかず、ちらりと拓弥に視線だけ向けた。すると、彼の愉快そうにこちらを見つめている目とかち合う。

「有希、躰を洗ってやるよ」

「え……」

「なっ、拓弥！」

拓弥が強引に有希の腰を引き寄せ、胸に抱き込む。

バスルームなので声が異様に大きく響き、有希は慌てて口を手で塞いだ。

「防音は完璧だから、心配せずに声を出していいぜ。ここを買うときに、ちゃんと調べておいたからさ」

「た、拓弥……」

足の付け根に彼の指が這わせられる。すぐに閉じた足をこじ開けられ、双丘の谷間を指の腹で撫でられた。

「んっ……」

「抜き合いっこのお陰か、有希、最近特に感じやすくなったよな？」

「拓弥が言うと、何か更にやらしく聞こえるぞ」

「あ？　当たり前だろ。俺、今、やらしいこと、考えてるからな」

拓弥に快感でひくつく蕾を撫でられる。

「あっ……たく……や……」

拓弥がひょいと有希を抱え上げ、自分の膝の上に向かい合わせで座らせる。その拍子に有希の胸が拓弥の胸に触れた。乳首が彼の胸板に擦られ、ジュッと焼けるような熱を感じる。同時に、背筋から覚えのある甘い痺れが駆け上ってきた。

「その可愛い乳首から洗おうか」

拓弥は有希を抱きかかえたまま腕を伸ばし、バスタブの外に置いてあるボディーシャンプーを取った。そして手のひらに出して泡立て、湯船に入っている有希の胸に塗りこめた。

「た……拓弥」

「何だ?」

「ちょ……この状況、居たたまれないんだけど」

「こんな可愛い乳首を、俺に見られているからか?」

「そういうオヤジっぽいこと言うな」

有希は両手で胸を隠した。

「フン、そうやって隠すほうがエロイって知ってるか?」

泡まみれになった彼の手が、有希の肌を撫でてきた。スポンジでもブラシでもなく、彼の手が直接有希の肌を弄る。最初はさりげなく有希の素肌を触っていたが、すぐに意図を伴って動き出す。特に有希の乳首においては執拗なほど、上から擦り始めた。

「あっ……たく……やっ……」

白い泡を押し上げて、ピンク色の乳首がピンと尖っているのが見えた。その様子が卑猥《ひわい》で、有希はつい目を逸らしたくなる。だが、拓弥はその乳頭を嬉々《きき》として指の股に挟み、クリクリと捏ねた。

「や……あっ……」

途端、有希の下肢からぞくぞくと淫猥な痺れが湧き起こった。それまで大きく反応を見せていなかった下半身も、一気に力を漲《みなぎ》らせる。

「こんなことでも感じるなんて、有希、可愛いな」

「つっ……莫迦にしているだろっ……んっ……」

「莫迦になんてしてない。寧ろ、ひれ伏して崇《あが》め奉りたい気分だ」

「な、何を言って……るっ……あっ……だめ、そんなに強く擦る……な……んっ……ふぅ」

「お前の反応が可愛いから、やめられない」

拓弥の唇が有希の頰に触れる。それから目尻に、そして瞼《まぶた》に、鼻先に。顔のあらゆるところが彼の唇によって愛撫された。その優しいキスに有希の躰が甘く蕩けていく。

「んっ……」

拓弥の指先は相変わらず有希の乳首を弄り続けており、その先端に爪を立ててきた。

「ああっ……」

そんなことをされて感じるとは思っておらず、油断していた有希は大きな嬌声を上げてしまった。恥ずかしくて恨めしくて、自分を抱く拓弥を睨み付ける。すると拓弥の顔が苦しげに歪んだ。

「だから有希、そういう顔をするなって。我慢ができなくなるだろ。俺はお前をもっと可愛がりたいんだ。そんな煽るようなことをするなよ」

そう言いつつ、拓弥は勃ち上がったイチモツを有希の下腹に擦りつけてきた。これはこれで初心者の有希にとっては恥ずかしくて、顔を赤らめるしかない。だが、それがまた拓弥の劣情に火を付けてしまうことも、今の有希ではまだ理解できなかった。

泡まみれの乳首に湯を掛けられる。それまで泡で薄らと隠れていた有希の乳首が直《じか》に現れた。

「ほら、有希、お前の乳首が食べごろになってきたぞ、見てみろよ」

ぷっくりと膨らんだ乳頭は、赤く腫れており、ちょっとした刺激でも敏感に反応してしまうようになっていた。そのため拓弥が乳首に触れるたびに、ざわざわとしたおかしな感覚が下半身を直撃し、有希の腰が動きそうになる。

「きちんとボディーシャンプーが落ちたかな。確認してみるか」

そう言いながら、拓弥は有希の乳首を口に含んだ。そしてさらに軽く歯を立てる。

「ふぁあっ……」

電流が一気に脊髄を駆け上っていく。同時にまだ触れられていないはずの有希の男根も、大きく頭を擡げた。

「あ、今の気持ち良かったんだ、有希」

歯で軽く乳首を挟んだまま、拓弥が話し掛けてくる。その微妙な振動さえ、有希の理性を奪ってきた。また、もう一方の乳首も相変わらずしつこく弄られ、痺れ始めていた。

指の腹で乳頭をぐっと押し込められた途端、有希の屹立《きつりつ》の先端から何かが溢れそうになる。しかし乳首だけの刺激では、それはまだ溢れ出しはしなかった。本能的に有希は自分を支配する拓弥に縋った。

「あっ……ああっ……拓弥……下も……」

「下も、何？」

拓弥が双眸を細め、言葉の先を促してきた。それはとても口にはできないものだったが、もうギリギリのところまで追い詰められていた有希は、顔や躰を真っ赤にしながら、涙目で頼んだ。

「下も触って……っ……」

「はっ、だから有希、それ、色気ありすぎだ。くそっ……我慢できねぇ。お前をもっと可愛がりたいのに……」

拓弥は声を絞り出すように呟くと、有希の淡い陰毛を指先で掻き分けて、奥に息づく蕾にそっと指を這わせた。

「違っ……う……そこじゃなくて、前……あっ……」

「前も触ってやるけど、ここを解《ほぐ》してからな。それで一緒に達こう、有希」

「あ……た、く……やぁ……ああっ」

そっと指を有希の敏感な場所へ差し入れ、中を擦る。もう有希のいいところはわかっているようで、すぐに拓弥は快感のポイントを執拗に攻め始めた。

「あっ……あ、ああっ……」

湯のお陰もあって、蕾も柔らかく解れていた。すぐに指が二本、三本と増え、敏感な隘路を縦横無尽に動き回る。

「あっ……ああ……だ、め……っ、そんなに奥に挿れ……る、な……ふっ……あ……」

下腹部がじんじんと痺れ、有希の肉欲がぱんぱんに腫れ上がる。

「もう、大丈夫だな。挿れるぞ、有希」

拓弥が有希の腰を摑み上げると、そのまま己の劣情の上に有希を下ろした。

「ああああっ……」

小さな蕾を押し開くようにして、拓弥の熱の楔が入ってくる。苦しくて息もできないでいると、有希の下半身に拓弥の指が絡んできた。緩急をつけて扱かれる。一旦萎えていた有希の劣情が再び熱を帯び、膨らみ出した。

「あっ……ひっ……」

声が掠れてひゅっと喉が鳴る。

途中で挿入をやめさせたくとも、いわゆる騎乗位であるため、有希は自分の躰の重さもあって、ずぶずぶと拓弥を飲み込んでしまう。

「はああっ……」

自分さえも知らなかった場所、どこまでも奥のほうへと拓弥の熱が入り込んできた。こんな場所で、拓弥と熱を共有できることに、この上なく幸せを覚える。

「上手だ、有希」

拓弥が有希を抱き締めながら囁く。その声に有希の下半身が甘く震えた。

「だけど、俺も我慢の限界だ。後は全部俺に任せろ」

「あ……」

拓弥が有希の腰を持ち上げ、己の欲望をズルリと引き抜くと、すぐに一番奥まで再びグッと突き挿れた。バスタブに張ったお湯が大きく波打つ。

「あああっ……」

痛いはずなのに、繋がった場所からは快感しか生まれず、有希の下半身が勢いよくそそり立った。それが拓弥の下腹に当たり、彼が小さく笑った。

「有希も気持ちがいいんだな、よかった」

「拓弥……あっ……」

「有希、愛してる――」

初めて拓弥が、その唇に愛の告白を乗せた。瞬間、有希の呼吸が止まりそうになった。

「た、拓弥――」

貴重な愛の告白に、有希の胸がじんと疼く。疼きはやがて深い熱を伴って、有希の瞳から涙となって溢れ出した。

「有希？」

拓弥が驚いた顔をしながらも、指先で有希の涙を拭ってくれる。

「俺……お前のこと、思っていた以上に好きだったみたいだ。お前に初めて愛してるって言われて、こんなに感動している自分がいる……」

拓弥の瞳が僅かに見開く。そしてそのまま有希の頭をそっと掻き抱いた。

「有希、本当にわりぃ。俺が肝心なことを言えない男で。だけど有希がそんなに喜んでくれるなら、俺、これから言うわ。有希が嫌になるくらい言う。だから今まで言えなかった俺を許してくれ」

「拓弥……」

「愛してる、有希。何度でも言う。愛してるんだ、有希――」

「拓弥……俺も、愛してる……っ、え？　ああ？」

せっかく感動の瞬間であるのに、有希の中にある拓弥が一層大きく膨らんだ。

「あ……っと。それとこれとは別で、とりあえず俺のコイツは有希と一緒に達くことを優先したいらしい。俺も我慢できねぇから、まずは一回一緒に達こうか」

「え？　まずは一回って、どういう？　え……ああっ……」

有希は拓弥の不審な言葉を追及しようとしたものの、拓弥が動き始め、できなくなってしまった。拓弥は拓弥で、そんな有希の腰をがっちりと摑んで上下に容赦なく激しく動かしてくる。湯がちゃぷちゃぷちゃぷと音を立てて揺れた。

「んっ……もっ……あああっ……」

有希が呆気《あっけ》なく果てる。拓弥も続いて有希の中に愛の証《あかし》を放った。長い放埓《ほうらつ》に有希が耐えていると、休みなく再び彼が動き出す。まずは抜かずの一発目だったようだ。

「な……」

有希は慌てて目を開けて拓弥を止めようとした。だが。

「今度はしっかり有希を可愛がるからな」

「いや、俺はもう無理だから……って、あ……ちょ……ああっ……」

弱いところを絶妙に擦られ、声を上げる。まだまだ体力が有り余っているぜ、くらいの表情をした拓弥に、有希は眩暈《めまい》を覚えながらも、再び背中に手を回した。

やっぱり有希にとって、拓弥は昔から特別なのだ。

＊＊＊

ふと意識が浮上する。辺りは静かで、有希は一人でベッドに寝かされていた。

昨夜はバスルームで二回ほど致した後、寝室に戻っても肌を重ねた。途中、意識が朦朧としていたのもあって、結局、有希は自分が何度達かされたのかもわからないほど愛された。

ただ、お互い、やっと気持ちを分かり合えたこともあり、箍《たが》が外れてしまったのは言うまでもない。自分でも愛欲にまみれた中、拓弥を激しく求め欲したことは覚えている。

俺、拓弥の顔を見る勇気、ないかも……。

そう思いながら、でも、胸に沸々と沸き起こる幸福感に浸る。じわりじわりと胸を締め付ける甘い痺れは、恋をしている者を応援する活力のような気もした。

今、何時だろ？

有希はごそごそと、昨夜からベッドの上に転がっていたスマホに手を伸ばした。

え――――？

スマホに伸ばした手が止まる。きらりと光るものが視界に入った。

な……なに？

いつの間にか自分の左手の薬指に、見覚えのない指輪が嵌《は》められているのに気付く。

ええ？

有希の指にぴったりのサイズの指輪は、プラチナのようで、表面に細かいデザインで二羽の小鳥が彫られていた。宝飾に詳しくない有希にも、一目で高価だとわかる代物だった。

思わず指から抜いて指輪の裏を見ると、『ＡＤＭＳ《アダマス》』と刻印がされているのを見つけた。

『ＡＤＭＳ』。それはニューヨークにある宝飾店で、有希も耳にしたことがあるほどの店だ。オーナーがアメリカ屈指の名門、ロイズ家の美貌の子息というのも功を奏し、セレブにも人気が高い。かなり高価な宝飾品を扱うことでも有名で、世の中の女性の憧れのブランドでもあった。

え……どうしてこんな高い指輪が……。

更によく見ると、二羽の小鳥の目のところに、それぞれ小さな宝石が一つずつ入っていた。

一つはアメジストで、もう一つはトパーズだ。

う……これって……。

アメジストは有希の誕生石だ。そしてたぶん、このトパーズは拓弥の誕生石ではなかろうかと推測できる。

気付いた途端、有希の顔がボッと燃えるように熱くなった。

どうしよう、益々、起きられない。

指輪を失くさないよう嵌め直し、布団を被ってベッドで丸くなるが、すぐに飛び起きる。

「痛っ……、じゃない、今、何時⁉」

有希は今度こそスマホを手に取り、時間を確認した。

「わっ、竹内さんが迎えに来るまで、あと三十分しかないっ！」

有希は慌ててベッドから下りると、軋む躰に鞭《むち》を打って、着替え始めた。

確かにまだ躰の節々が痛むが、初めてのときに比べれば若干痛みがマシになっているような気がした。

これもどんどん慣れて、痛みを感じないようになるのかな……。

そんなことを考えては、また顔を赤くした。これからも拓弥に抱かれることを当たり前のように思ってしまった自分を恥じる。

でも、朝のこの居たたまれない空気というか、恥ずかしさには、一生慣れないような気がする。

有希は大きく深呼吸をして、寝室のドアを開けた。

「おはよう、有希」

リビングから有希が寝室から出てきたのに気付いた拓弥の声が聞こえる。

「おはよう、拓弥」

拓弥の左の薬指をさりげなく見ると、有希とお揃いのリングが嵌められていた。

「ココア淹れてやるから、さっさと顔を洗ってこい」

「あ……あの……これ……」

有希は自分に嵌められたリングを拓弥に見せた。すると拓弥が素っ気なく答えてきた。

「お前もこの間、うさぎのマグカップくれただろ？　お返しだ」

たぶん拓弥も照れ臭いから、わざと素っ気なくしているのだと、今の有希だからこそわかる。前だったらわからなかったことだ。

「お返しって……これ、『ＡＤＭＳ』の指輪だろ？　マグカップのお返しのレベルじゃないだろ」

言い返すと、拓弥が悔しそうに小さく舌打ちをした。

「ちぇ……なんだ、このブランドを知ってたのか？」

「知ってたさ」

有希は拓弥の次の言葉を待ち、彼の顔をじっと見つめた。

「――有希」

拓弥が観念したように、急に真面目な顔をして有希の真正面に立った。有希も拓弥の雰囲気に呑まれて背筋を伸ばす。すると拓弥は自分の薬指にある指輪を優しく撫でながら言葉を続けた。

「有希、本当はもっと気の利いたものを渡したいと思ってたけど、何がいいのかよくわからなくて、結局ベタな指輪にした」

拓弥の視線が指輪から有希の顔に移る。

「なあ、この指輪、貰ってくれよ。重いかもしんねぇけど俺の決意、受け取ってくれ」

「拓弥……」

有希は咄嗟《とっさ》に言葉が思い浮かばず、黙って大きく頷いた。拓弥の顔がみるみるうちに安堵の笑みを浮かべた。

「……まあ、そのな、日本へ帰国するとき、今度こそ有希にプロポーズするつもりだったから、願掛けついでに、アメリカでこの指輪を注文してきたんだ。で、先日、出来上がったって連絡がきたから、アメリカへ仕事に行きがてら取ってきた。それから、ずっといつ渡そうか考えてたんだ。かっこわりぃけど、有希に渡す勇気がなかなか出なくて……」

そう告げる拓弥の目が少し赤い気がした。彼も彼なりにずっと悩んでいたのかもしれない。

有希は愛に気付くのが遅かったが、二人とも、お互いを好きすぎて、また近すぎて、どう愛を告げたらいいのか、今更わからなかったのかもしれない。それゆえに少し遠回りをしてしまった。

「……ありがとう、拓弥。大事にする」

有希も指輪を優しく撫でた。指輪に刻まれた黄金と紫の色の瞳を持つ二羽の小鳥が、小さく羽ばたいたような気がした。

「結婚指輪はまた別に二人で選ぶつもりだから、これはその約束の証ってことで」

「うん……」

この小鳥がきっと二人を幸せに導いてくれるだろう。

有希がそんなことを考えていると、拓弥にふと指を摑み上げられ、唇を寄せられた。

「有希、浮気は許さないからな」

上目遣いで命令され、思わず有希の鼓動が大きく鳴った。拓弥は有希のことを煽るのが上手いと言うが、拓弥こそ、有希を煽るのが上手いと思う。

「お、俺だって許さないよ、拓弥」

そう言った途端、引き寄せられ、拓弥の胸の中に閉じ込められる。

「莫迦、俺がそんなことするか。もうずっと有希一筋だ。他の人間なんて目に入らねぇよ」

きつくきつく抱き締められた有希は、同じくらいの強い力で、拓弥をぎゅっと抱き締め返した。

いつでもどこでも、何度でも、有希はこれからも拓弥に張り合うつもりだ。置いて行かれないように。そしてライバルとして、いつまでも隣に立てるように。

「愛してる、有希――」

彼の胸に頭を預けていると、約束通り、拓弥が何度目かの愛の言葉を告げてくれた。

END

もっと、好きって言えよ

今日はバラエティの企画物で、キラッシュの隼人と有希が、リーダーである靖隆を労《ねぎら》うためにプレゼントを探すというロケをすることになっていた。

都内をロケバスで移動中、隼人が目ざとく有希の襟元からちらりと見えるチェーンに気が付いた。

「あれ？　新しい？」

隼人が有希に断りもなく、首からチェーンを引っ張り出した。そして瞬間、その手が止まる。チェーンの先には拓弥から貰った指輪がぶら下がっていたからだ。

「……なるほど、これ、拓弥に貰ったんだ。ということは、このチェーンも拓弥から仕事中にも指輪を付けていられるように、とか言われて、渡されたってやつ？」

有希が何も言わないのに、どうして隼人はこうも毎回勘がいいのか不思議でならない。

「やっぱり、この指輪、有希のだったんだ……。まあ、有希しかあり得ないけど……やったな、拓弥。はぁ……」

溜息の意味もわからないが、どうやら隼人は何かを知っている様子だ。

「え？　隼人はこの指輪のことを知っているのか？」

「逆に有希は知らなかったのかって、聞きたくなる。ここ一週間くらい日本のメディアでも結構話題になってたのに」

「あー、ここんとこ、いろいろあって、芸能ニュースとか観てなかったんだ」

「いや、それはきっと拓弥がわざと有希に芸能ニュースを観せないようにしていたんだと思うよ。あいつそういうところ、ちゃっかりしているから」

確かにテレビを観ようとすると、ベッドへ引き込まれることが多かった。

「それにしても拓弥、マーキングの仕方がえげつないな……」

「え？」

「これ、見ればわかるよ」

隼人はポケットからスマホを取り出すと、何やら動画を検索し始めた。そしてしばらくすると、有希にスマホを渡してきた。

「何だ？」

「それ、二週間くらい前に配信されたアメリカの芸能ニュース。副音声で同時通訳が聞けるから、観ればわかるよ」

言われるまま、ニュースを見ることにした。映っているのはニューヨークの五番街のようだ。

「あ……」

そこにはニューヨークの高級宝飾店『ADMS』の前で、パパラッチらしき人たちに囲まれた拓弥の姿が映っていた。

『へい、タクヤ。その指輪はペアかい？　恋人に贈るのかい？』

『まだ若いのにプロポーズでもするんですか？』

店から出てきた拓弥をパパラッチたちが茶化している。

『まあな。俺が誰にプロポーズしても、驚かないでほしいな。成功を祈っててくれ』

拓弥が顔を隠していたサングラスを外し、終始ご機嫌でパパラッチと会話をしている。画面のサイドには、店内に入る前には嵌めていなかったのに、店から出て来たら拓弥の指に指輪が嵌まっていると、指輪をズームした画像が出ていた。

え……これ。

指輪をよく見ると、表面に何か模様が刻まれて、アメジストとトパーズが嵌まっているのが見えた。

こ、これって……！

思わず有希は自分の首にぶら下げている指輪を見返した。

画面が小さいので、模様が小鳥かどうかの判別はできないが、たぶん、いや、明らかに有希が貰った指輪と同じものである。

ニュースでは、調べてみると、この指輪は通常のラインナップにはないので、特注されたものだと思われる。タクヤのモデル電撃引退は、この指輪を贈られる恋人が原因か、などと淡々と解説している。

な―――っ！

「は、隼人っ、これって……こ、これ……」

有希はようやく状況がわかり、隼人にしがみ付いた。一方、隼人は今更という感じで、冷静に分析をし始める。

「これさ、拓弥、絶対にわざと指輪、見せびらかしているよね。わざわざ指輪して店の外に出るとかさ、あり得ない」

言われてみればそうだ。

「これじゃあ、全世界に、この指輪をしているのが拓弥の恋人、パートナーだって宣言したようなもんだよ。日本でも拓弥の恋人は誰だって、今騒がれてるんだよ」

「がっ……」

何か嫌な予感が有希の胸中を駆け巡った。慌てて指輪を首元にしまい込む。これは誰にも見せてはいけないやつだと本能で理解した。

「これ、誰が見てもマーキングみたいなもんだよねぇ。これから有希に手を出そうとしてくるやつ、その指輪見てビビるよ。まあ、魔王の指輪だね。拓弥、一応大手芸能事務所のご子息様だから、下手に敵にしたくはないだろうし。とりあえず雑魚《ざこ》は一掃するってとこかな？」

この指輪にそんな威力があるとは思いも寄らなかった。拓弥の愛の証だけではなかったのだ。

「な……隼人、俺どうしたらっ……」

隼人に助けを求めたが、何かを悟った仏さまのような笑みを向けられた。

「有希も大変なやつに惚れられちゃったね……」

しみじみと隼人に言われ、自分がとんでもないことに巻き込まれているのではないかと薄々気付き始めた途端、いきなり有希のスマホが着信を知らせる。画面を見るとマネージャーの竹内だった。

「はい、今、ロケバスで移動中だけど……」

『あ、有希？　今日仕事が終わったら、社長からちょっと話があるそうだから、そのまま事務所に行く心積もりでいてね』

「はいっ⁉」

タイミングがタイミングなので、社長の話というのが怖い。

『後でまた迎えに行くから。隼人と一緒に仕事頑張ってくれよ。じゃ』

一方的に通話が切られる。有希はしばらく放心状態で画面を見つめ続けた。すると、通話の内容が隼人にも聞こえたらしく、心配そうに声を掛けてきた。

「やっぱり、指輪のことじゃないか？　日本のマスコミもかなり騒いでるし」

隼人の言葉で有希ははっと我に返った。

「くそっ、仕事終わったら、拓弥を呼んで、洗いざらい白状させてやるっ！」

グッと握りこぶしを作って小さく叫ぶと、隼人が言いにくそうに言葉を足してきた。

「あのさ、あと、話は変わるんだけど、白木さんが、今度キラッシュとみんなでご飯を食べに行こうって」

「え？　白木さんが？」

何かまた話が拗れそうな案件が飛び出した。

「有希を助けられたの、あの人のお陰でもあるから、お礼がてら食事をするかって、靖隆も言ってたよ。拓弥がどんな顔をするかわかんないけど、まあ、付き合いもあるし。でも、白木さんも諦めが悪いよね。とことん有希と拓弥の邪魔をするみたいだ」

「あぁ……」

頭を抱え込む。また拓弥が過剰反応しそうだ。

「有希、ガンバレ」

隼人から激励の言葉を貰っても、有希はただただ唸るだけだった。
まだまだこれからも一波瀾《はらん》ありそうな予感――。

END

◆ あとがき ◆

こんにちは、または初めまして。ゆりの菜櫻です。

今回は作品の内容が決まる前から、イラストを壱也先生に描いていただけると聞いて、ああ、なんかこう、可愛い話を書きたいな、という衝動に駆られたのが始まりでした。

微笑ましいというか、胸が痒くなるような可愛い恋を描いてみたくなったというのでしょうか。お前ら、ラブラブしてんじゃねぇ～って、傍から見ている人が突っ込みたくなるようなイメージに、私の萌えがぶわっと膨らみました。

有希と拓弥は二十四歳と二十二歳なので、二人ともいい大人なんですが、いい大人なのに、どこか可愛いとか、恋愛にピュアとか、そういうギャップ萌えが相変わらず大好きな私です。

さて今後の二人、拓弥はどんどん精神的にも成長して、理想の彼氏になる予定です（どんな彼氏なんだ・笑）。有希もそんな拓弥に置いて行かれないように、自分を磨きつつも、元来後輩思いの人柄なので、きっと拓弥を精神的にも支えていくような心の広いイケメンになると思います。そうです。いい男に限って、ゲイなんですよ！

この本の発売に合わせてコミコミスタジオ様で小冊子を書いていますが、そちらは二人の二年後の話になります。アニメイト様では二人のインタビュー風景のSSを書いております。また機会がありましたら読んでやってください。

　華やかなイラストを描いてくださった壱也先生に改めて感謝を。うさぎのマグカップもありがとうございます。表紙にも描いていただいて嬉しいです。可愛いです。

　そして担当様、今回もご指導、ご鞭撻ありがとうございました。まさかのタイトル・シンパシー！　私も驚きました。毎回タイトル諸々ありがとうございます。

　実は、今回のタイトルを決める際、私は拓弥の言葉をイメージしたものを提出したのですが、それと同時に、担当様からも候補を幾つか出してもらったのを見たら、なんと、ほぼ同じようなタイトルが！　あまりのシンパシーにびっくりして、もうこれしかないと即決めしました。それがこの本のタイトルです。

　タイトル、気持ち的には、大好きな有希がなかなか自分に「好き」って言ってくれなくて、焦らしに焦らされて、でも自分からは「好き」って言えなくて、とうとう有希にこんなことを言ってしまう拓弥……というシチュエーションでしょうか（笑）。

　最後になりましたが、ここまで読んでくださった皆様、ありがとうございました。感想などありましたら、ぜひ編集部宛に送ってやってください。心の糧にして頑張りたいと思います。

　それでは、またお会いできるのを楽しみにしております。

初出一覧

好きって言えよ　/書き下ろし
もっと、好きって言えよ　/書き下ろし

B♥PRINCE
http://b-prince.com

B-PRINCE文庫をお買い上げいただきありがとうございます。
先生へのファンレターはこちらにお送りください。

〒102-8584
東京都千代田区富士見1-8-19
株式会社KADOKAWA　アスキー・メディアワークス
B-PRINCE文庫　編集部

好《す》きって言《い》えよ

発行　2016年4月7日　初版発行

著者　ゆりの菜櫻
©2016 Nao Yurino

発行者　塚田正晃

プロデュース　アスキー・メディアワークス
〒102-8584　東京都千代田区富士見1-8-19
☎03-5216-8377（編集）
☎03-3238-1854（営業）

発行　株式会社KADOKAWA
〒102-8177　東京都千代田区富士見2-13-3

印刷　株式会社暁印刷

製本　株式会社ビルディング・ブックセンター

小社ホームページ　http://www.kadokawa.co.jp/

Printed in Japan
ISBN978-4-04-865841-6 C0193